1910

NOTICE

SUR LA VIE ET LES OUVRAGES

DE M. BEYLE

(DE STENDHAL),

Par M. R. COLOMB, son exécuteur testamentaire.

> « Qu'ai-je été ? que suis-je ? En vérité, je serais
> bien embarrassé de le dire ! »
> *(Une des papiers de M. Beyle.)*

PARIS,

IMPRIMERIE SCHNEIDER ET LANGRAND,
rue d'Erfurth, 1.

1846.

NOTICE

SUR LA VIE ET LES OUVRAGES

DE M. BEYLE

(DE STENDHAL),

Par R. COLOMB, son exécuteur testamentaire.

> « Qu'ai-je été? que suis-je? En vérité, je serais
> « bien embarrassé de le dire !
>
> (*Tiré des papiers de M. Beyle.*)

1845

PREMIÈRE PARTIE

BIOGRAPHIE.

Que de peine n'éprouve-t-on pas souvent pour se rendre un compte exact de ses propres sentiments! Que sera-ce donc s'il s'agit d'analyser ceux d'un autre! de dire ce qu'il a pensé, éprouvé, voulu, dans les principales circonstances de sa vie! Telles sont les réflexions qui se sont naturellement présentées à mon esprit, lorsque m'est venue l'idée de mettre en ordre les observations et les faits qu'une constante amitié m'a mis à portée de recueillir, sur l'homme le moins aisé à connaître que j'aie encore rencontré. Comme on le voit, je ne me suis point abusé sur les difficultés que présente le sujet. J'ai donc hésité longtemps, avant de commencer ce travail, quelque plaisir que je pusse d'ailleurs me promettre à passer en revue des années contemporaines des miennes, et pendant lesquelles se formèrent des liens que la mort seule devait rompre. Mais un sentiment supérieur à toute considération personnelle m'a déterminé : le désir, la certitude d'honorer la mémoire de Beyle, en le faisant mieux connaître.

D'ailleurs, quelqu'un pouvait-il savoir, et raconter aussi fidèlement que moi, cette vie éparse, pour ainsi dire, sans unité, sans suite, comme moi, son allié, qui ai passé mes années de jeunesse, les jours riants de la vie, en parfaite communauté de plaisirs avec lui, qui l'ai retrouvé plus tard dans l'âge mûr, et qui ne l'ai pas quitté un seul jour, si ce n'est de fait, au moins par la pensée et par le cœur ; comme moi, qui ai été le dépositaire de ses papiers, comme de ses pensées les plus intimes. On n'a point encore présenté l'ensemble des traits qui caractérisent Beyle ; on ne s'est pas complétement expliqué cette curieuse réunion de facultés, dont plusieurs sembleraient devoir s'exclure. Serai-je plus heureux que ceux qui m'ont devancé? Je l'espère au moins.

Ayant eu à ma disposition, en 1838, des notes écrites par mon ami, sur certaines circonstances de sa vie, j'en copiai quelques passages, que je reproduirai dans le cours de mon récit, lorsque le sujet le comportera.

Peut-être me reprochera-t-on d'avoir trop insisté sur de petits faits de l'enfance et de la jeunesse ; mais c'est là ce qui manque généralement aux biographies ; on passe trop légèrement sur l'époque de la vie avec laquelle nous sympathisons le plus ; l'auteur met ses spéculations à la place de détails qui lui manquent souvent à la vérité.

La biographie, si je ne me trompe, a pour mission de s'enquérir des détails intimes ; on attend d'elle les bons mots, les secrets de la vie privée, les traits de mœurs. Elle doit, autant que faire se peut, dater sa chronique du berceau même de celui dont elle s'occupe ; elle doit dire quelle a été son éducation, quels principes politiques et religieux y ont présidé.

Un homme aussi distingué par l'originalité, les tendances et la supériorité de son esprit, ne saurait être oublié tout de suite; sa trace ne s'effacera pas instantanément. Un jour, quelque écrivain de talent s'occupera de Beyle ; il voudra connaître et expliquer cet être semi-mystérieux : j'aurai mis les matériaux sous ses yeux ; il ne lui restera plus qu'à les coordonner, et à en déduire les conséquences morales ou philosophiques qu'ils lui paraîtront comporter. Mon ambition se bornera à avoir été pour lui un chroniqueur sincère.

Tels sont, en résumé, les motifs qui m'ont encouragé à publier cette notice, dernier devoir dont j'avais à m'acquitter. Se défiera-t-on de mon témoignage ? Sera-t-on fondé à me récuser ? Je dirai, avec franchise, qu'assurément je ne voudrais pas nuire, mais que je n'ai pas l'intention de flatter. On peut promettre d'être sincère, sans avoir la certitude d'être complétement impartial.

Marie-Henri Beyle naquit à Grenoble, département de l'Isère, le 23 janvier 1783, de parents que leurs opinions et leur condition rangeaient parmi ceux que, dans la langue du temps, on appelait *aristocrates*. Sans être nobles, les membres de sa famille fréquentaient habituellement la noblesse, et en avaient contracté les manières. Ils se trouvaient à la tête de la haute bourgeoisie ; ils avaient pour amis Mounier et Barnave.

Parmi leurs relations de société, je me rappelle, entre autres, de madame de M*** ; cette femme, boiteuse, riche, d'un esprit assez distingué, et de mœurs tellement équivoques, qu'on a pu dire, dans le temps, que c'était elle que Choderlos de Laclos s'était proposée pour modèle de sa marquise de Merteuil, des *Liaisons dangereuses*. Sans doute il faut croire que ce fut une abominable calomnie que de lui trouver de la ressemblance, quelque faible qu'elle pût être, avec ce type du génie infernal le plus odieux. Quoi qu'il en soit, madame de M***, dont Beyle me citait de temps en temps des particularités, est morte à Grenoble, en 1822, à l'âge de quatre-vingt-cinq ans, et à la fin d'une soirée où nombreuse société se trouvait réunie dans son salon.

M. Beyle père, avocat considéré au parlement de Grenoble, avait épousé, vers 1780, la fille aînée de M. Gagnon, médecin, qui passait, à juste titre, pour l'homme le plus lettré de la ville, et qui en était certainement l'un des habitants les meilleurs et les plus distingués. Cet homme, aimable, indulgent et d'un caractère un peu faible, adorait son petit-fils Henri, enfant de la fille chérie qui lui fut enlevée à trente-trois ans, en 1791.

Beyle pensait que les Gagnon étaient originaires d'Italie ; sa grand'tante Elisabeth le lui avait laissé entendre, plutôt qu'elle ne le lui avait dit. L'émigration pouvait remonter au grand-père du grand-père de mademoiselle Elisabeth, c'est-à-dire en 1650. Ce qui ajoutait, pour Beyle, à la probabilité de cette origine italienne, c'est que la langue de ce pays était en grand honneur chez ses parents ; chose bien singulière dans une famille bourgeoise de 1780. Sa mère lisait le Dante et le Tasse, ce qui n'était pas commun alors parmi les femmes, et ce qui ne l'est guère encore de nos jours.

La famille Gagnon avait des sentiments d'honneur et de fierté qu'elle communiqua au jeune Henri, d'ailleurs très-heureusement disposé pour les partager.

Madame Beyle, en mourant, laissa trois enfants en bas âge, un fils et deux filles. Après la mort de cette charmante femme, ses enfants vinrent habiter la maison de M. Gagnon, leur grand-père, chez qui se passa leur jeunesse. Par sa situation, cette maison était l'une des plus gaies de Grenoble, car elle avait sa façade sur la principale place de la ville ; et, d'une jolie terrasse, garnie de fleurs et d'arbustes, la vue embrassait une partie du beau jardin public, donnant sur la rive gauche de l'Isère.

On voyait peu M. Beyle ; il s'était réservé, pour lui seul, son ancien appartement et s'y tenait habituellement, sauf aux heures des repas qu'il prenait en famille chez M. Gagnon. De fréquentes excursions à son domaine (1) de Claix, à deux lieues de Grenoble, le tenaient encore éloigné de ses enfants, avec lesquels il n'avait que des rapports éloignés.

M. Beyle tenait sa bibliothèque à Claix, elle était toujours fermée ; mais Henri ayant découvert le lieu où il mettait la clef, l'ouvrit quelquefois, et trouva le moyen de s'emparer de la *Nouvelle Héloïse* et de *Grandisson* ; il lisait ces deux romans, les yeux pleins de larmes de tendresse, et dans un galetas où il se livrait à ce plaisir délicieux en toute sécurité.

L'excellent M. Gagnon avait auprès de lui mademoiselle Élisabeth Gagnon, sa sœur, M. Gagnon, son fils, et une seconde fille, non mariée. Cette dernière, d'une humeur assez difficile, imposait à tout le monde, et s'était emparée à peu près exclusivement de l'autorité dans la maison. Mademoiselle Séraphie n'aimait pas grand'chose sur la terre, mais elle abhorrait son neveu Henri, favori de M. Gagnon père, et ne laissait échapper aucune occasion de lui donner des témoignages de son aversion.

M. Gagnon le fils (2), joli garçon, bien tourné, fort aimable, gai, élégant de physique et de moral, était l'un des ornements de la bonne compagnie à Grenoble. Le plaisir était beaucoup pour lui ; l'intérêt d'argent absolument rien, la vanité bien peu. Sa gaieté même, à le bien prendre, n'était que de l'imagination ; il faisait rire plus qu'il ne riait lui-même. Son neveu Henri commençait à entrer en jouissance des avantages que lui procurait sa cohabitation avec ce charmant jeune homme, lorsqu'ils lui furent enlevés par un événement tout naturel : M. Gagnon fils se maria aux Échelles, bourg de Savoie très-pittoresque, à huit lieues de Grenoble. C'est là que Henri a passé quelques délicieuses semaines, loin de la sombre austérité et de la tyrannie minutieuse régnant dans la maison de son digne grand-père. Ici on gémissait toujours ; chacune des brillantes victoires des armées républicaines y était sujet de tristesse amère.

La sévérité du gouverneur de la maison (mademoiselle Séraphie) qu'habitait le jeune Beyle était tempérée par le noble ca-

____

(1) Domaine, dans le pays, veut dire une petite terre.
(2) Père de M. Gagnon, colonel du 2ᵉ de hussards en 1845.

ractère de mademoiselle Élisabeth Gagnon. Cette vertueuse fille, qui renonça au mariage parce qu'un accident lui avait enlevé l'homme qu'elle aimait, était douée de plus d'esprit, et surtout de plus de fermeté, que tout le reste de la famille. Henri l'affectionnait beaucoup, ainsi que M. le docteur Gagnon ; sa reconnaissance pour leur amitié, pour leurs bontés était entière, et sa parole prenait un accent visiblement tendre, chaque fois qu'il parlait de ces deux grands parents.

Henri perdit sa mère à l'âge de sept ans ; sa douleur fut profonde, et tout indique que c'est la plus grande qu'il ait ressentie. Fort souvent, dans nos entretiens, j'ai pu apprécier l'amertume de ses regrets.

Toute l'existence du jeune Beyle était réglée d'après des principes d'une excessive sévérité ; ses rapports avec des enfants de son âge furent tellement restreints, qu'arrivé à quatorze ans il en avait connu à peine trois ou quatre.

La direction de ses études appartint, à peu près exclusivement, à M. Gagnon, son grand-père. Personne, sans doute, n'était plus capable de mieux remplir cette délicate mission ; mais, soit penchant naturel, soit que le malheur des temps parût l'exiger, on préféra l'éducation privée à celle en commun. De là, peut-être, ces défauts de caractère et ces accès d'irritabilité qui, chez Beyle, ont voilé si souvent de rares qualités, découvertes à grand'peine par le très-petit nombre d'amis dont la sollicitude s'est appliquée à les rechercher.

Ses précepteurs furent de pauvres prêtres qui, de temps en temps, se trouvaient forcés d'abandonner leur élève pour fuir la persécution. Doué d'un esprit vif, d'une intelligence prompte, il fit de rapides progrès dans ses études, bornées d'abord, en quelque sorte, à celle de la langue latine. Mais une vie, tant soit peu claustrale, ne pouvait convenir à un tel caractère ; il prit en égale haine ceux qui la lui imposaient, et les ecclésiastiques, ses professeurs. L'un d'eux, un certain abbé Ralliane, homme fort colère, le frappait souvent assez rudement.

Dès l'âge de dix ans, Henri annonça un tempérament ardent. Ce mouvement des sens, désordonné et purement instinctif, comme chez tous les enfants d'une nature précoce, l'agitait violemment ; il imprimait à tous ses penchants une sorte d'âpreté passionnée qui dominait dans ses études, dans ses plaisirs, partout enfin. Il était en révolte habituelle contre l'obligation de se

dompter, de se plier aux usages imposés par la société. Sa vivacité, son entraînement lui donnaient sans cesse des torts ; il commettait mille étourderies, et ses parents y attachaient beaucoup
trop d'importance. De là sans doute, en grande partie, l'éloignement qu'il a pu ressentir pour quelques membres de sa famille,
sans jamais confondre dans son ressentiment ceux dont il pouvait
attendre quelque indulgence.

Connaissant la famille de Beyle, ainsi que ses habitudes morales,
on peut déjà pressentir l'influence qu'exercèrent sur son caractère des principes et des croyances offrant un tel contraste avec
ses goûts, ses penchants, son imagination. Cette compression si
forte, si absolue, appliquée avec une extrême sévérité et une inflexible persistance, préparait une explosion violente pour le moment où son action cesserait : la chose était inévitable. D'autre
part, cette lutte de tous les instants entre les désirs de l'enfant et
les volontés absolues de ses parents imprima une fâcheuse direction aux sentiments de Beyle ; la défiance devint insensiblement
une habitude de son esprit ; jamais il n'a pu s'en débarrasser complétement ; la crainte d'être trompé venait trop souvent se mettre
en tiers dans ses relations les plus intimes, et leur enlevait ce
qu'elles ont de plus doux, la confiance poussée jusqu'à l'abandon.
Les conséquences que je déduis de l'éducation de Beyle sur son
caractère me semblent naturelles ; le caractère procède presque
toujours de circonstances qui remontent jusqu'à nos premières
années.

Je place ici une étude sur le caractère dauphinois faite par
Beyle ; bien qu'on n'en retrouve pas les traits principaux dans le
sien, on la lira sans doute avec plaisir.

« Le Dauphinois à une manière de sentir à soi, vive, opiniâtre,
raisonneuse, que je n'ai rencontrée dans aucun pays. A Valence,
sur le Rhône, la nature provençale finit ; la nature bourguignonne
commence à Valence, et fait place, entre Dijon et Troyes, à la
nature parisienne, polie, spirituelle, sans profondeur ; en un mot,
songeant beaucoup aux autres.

« La nature dauphinoise a une ténacité, une profondeur, un esprit, une finesse, que l'on chercherait en vain dans la civilisation
provençale et dans la bourguignonne, ses voisines. Là où le Provençal s'exhale en injures atroces, le Dauphinois réfléchit et s'entretient avec son cœur.

Tout le monde sait que le Dauphiné a été un État séparé de la

France, et à demi italien, par sa politique, jusqu'à l'an 1349. Ensuite, Louis XI, dauphin, brouillé avec son père, administra ce
pays pendant plusieurs années ; et je croirais assez que c'est ce
génie profond et profondément timide, et ennemi des premiers
mouvements, qui a donné son empreinte au caractère dauphinois. De mon temps encore, dans la croyance de mon grand-
père et de ma tante Élisabeth, véritable type des sentiments
énergiques et généreux de la famille, Paris n'était point un modèle ; c'était une ville éloignée et ennemie dont il fallait redouter
l'influence. »

En quittant la maison paternelle pour aller habiter les Échelles,
M. Gagnon le fils avait oublié quelques volumes, soigneusement
cachés dans le coin le plus obscur d'une armoire ; Beyle les
découvrit et me fit part de sa trouvaille. Il y avait là, en effet, de
quoi exciter notre curiosité, fort novice, comme on peut le supposer. Un petit in-douze, surtout, nous intéressa vivement, il
portait ce titre :

Vie, faiblesses et repentir d'une femme.

L'auteur anonyme s'était proposé d'offrir le tableau des malheurs, et des crimes même, auxquels une première faute peut
entraîner ; rien de plus saisissant que cette effrayante peinture,
dont les vives couleurs laissèrent une profonde impression dans
nos jeunes têtes.

En juin 1794, tous les membres de ma famille ayant été jetés
dans les prisons de Grenoble, je restai seul, avec une bonne, au
milieu de l'appartement qu'occupaient mes parents. Le lendemain
de leur arrestation je passai la journée chez M. Gagnon. Après le
dîner, je sommeillais sur un fauteuil, dans le salon, où Beyle et
moi étions restés seuls. Croyant que je dormais profondément, il
parlait à haute voix des inquiétudes que faisait naître ma présence dans la maison de son grand-père. Après tout, disait-on,
recueillir ainsi chez soi l'enfant de détenus politiques, c'était
attirer l'attention de la *commune* et s'exposer gratuitement à de
graves dangers. Des membres influents de la famille, mademoiselle Séraphie, entre autres, opinaient pour mon renvoi immé-
diat. Cette disposition poltronne et malveillante à mon égard
mettait Beyle au désespoir, et il l'exhalait en termes bien propres
à resserrer encore davantage les liens de notre amitié ; car je lui
avouai que j'avais tout entendu.

La belle institution d'une *école centrale* (1), au chef-lieu de chaque département, produisit une immense et heureuse révolution dans l'existence du jeune Beyle. La mode et la raison s'accordèrent alors pour faire adopter universellement le système de l'enseignement public ; les instituteurs particuliers furent remerciés, et chacun envoya ses enfants à l'*école centrale*. Les parents de notre étudiant se résignèrent et firent comme tout le monde : ce fut pour lui une demi-émancipation. Dès ce moment, il eut la faculté de sortir de la maison, sans être accompagné, et put choisir ses camarades parmi les quatre cents élèves qui suivaient les divers cours professés à l'école centrale de Grenoble. On voit tout de suite les modifications importantes que dut subir ce caractère déjà si original, jeté brusquement au milieu d'une atmosphère à peine entrevue jusqu'alors.

« Tout m'étonnait, disait-il, dans cette liberté tant souhaitée, et à laquelle j'arrivais enfin. Les charmes que j'y trouvais n'étaient cependant pas ceux que j'avais rêvés ; ces compagnons, si gais, si aimables, si nobles, que je m'étais figurés, je ne les trouvais pas ; mais à leur place des polissons très-égoïstes. Ce désappointement, je l'ai eu à peu près dans tout le courant de ma vie.

« Je ne réussissais guère auprès de mes camarades ; je vois aujourd'hui que j'avais alors un mélange fort ridicule de hauteur et de besoin de m'amuser. Je répondais à leur égoïsme le plus âpre par mes idées de noblesse espagnole ; j'étais navré quand, dans leurs jeux, ils me laissaient de côté. »

M. Gagnon le père, comme on sait, adorait les lettres et l'instruction, et depuis quarante ans avait été promoteur de tout ce qui s'était fait de littéraire et de philanthropique à Grenoble. Aussi, lorsqu'il fut question d'organiser l'*école centrale*, on le plaça à la tête du jury, et, en cette qualité, il présenta à l'administration départementale les professeurs qui devaient y faire les cours. Le fondateur de la bibliothèque publique de Grenoble dut à sa considération dans le monde d'être le chef de l'école centrale.

Dès lors le goût de Beyle pour les livres était déjà très-développé ; en avoir en toute propriété lui semblait le bonheur su-

____

(1) Les *écoles centrales* furent créées par une loi de la convention du 7 ventôse an III (25 février 1795). Cette loi fut, en partie, l'œuvre de M. le comte Destutt de Tracy, membre du comité, qui l'élabora et la proposa.

prême. Aussi l'un des premiers actes d'indépendance que lui permit la faculté de sortir seul, fut l'achat des *OEuvres de Florian*; il y employa un louis d'or de vingt-quatre livres, formant tout son avoir. Nous dévorions en cachette les candides romans du bon Florian. Que de battements de cœur, que de sensations nouvelles ne nous firent pas éprouver *Estelle, Galatée, Gonsalve, Numa!*

A cette époque, nous ressentions, avec toute la vivacité de l'enfance, les émotions patriotiques excitées journellement par les victoires des armées républicaines; d'autre part, nous partagions les opinions royalistes de nos parents. On le voit, notre éducation politique n'était guère avancée.

Un soir de janvier 1797, entre sept et huit heures, Beyle et moi, en compagnie de dix autres camarades, nous commîmes un *attentat*. On avait accroché à l'arbre de la *Fraternité*, joli tilleul, transplanté à son grand regret sur la place Grenette, une toile peinte encadrée, portant, avec quelques attributs, ces mots en gros caractères :

Haine à la royauté, constitution de l'an III.

L'un de nous tira sur l'emblème républicain un coup de pistolet fortement chargé de gros plomb et de chevrotines : le tableau en fut complétement défiguré. Cette espièglerie fort compromettante, prise d'abord au sérieux, jeta nos familles, déjà très-mal notées à la *commune*, dans une mortelle inquiétude. Ces douze écoliers, se rendant coupables d'un semblable outrage envers le gouvernement existant, furent considérés, au premier moment, comme les sentinelles avancées d'une vaste conspiration. Par bonheur l'autorité jugea la chose plus sainement; elle ne vit dans cette agression que le résultat d'un défi ou d'une gageure entre des étourdis. Aucune arrestation n'ayant pu être effectuée au moment du délit, l'affaire n'eut pas de suites, et nos parents en furent quittes pour la peur.

Parmi les élèves de l'*école centrale*, on pouvait remarquer un grand et gros garçon, aux cheveux blonds, à la figure commune, aux formes athlétiques et aux manières rustiques. Ce pauvre jeune homme, malgré la supériorité bien établie de ses forces musculaires, endurait assez patiemment le feu roulant des quolibets dont ses condisciples l'accablaient à tout propos : nous l'appelions *Goliath*. Un jour, cependant, il se mit en insurrection. Beyle, auquel on avait donné le surnom de *la Tour ambulante*, à cause de sa forte taille, lui lança une épigramme bien acérée, accompagnée d'un soufflet ; le rustaud ne resta pas en arrière, comme on peut croire. Nos deux champions, séparés par des camarades, convinrent de vider la querelle dans un duel régulier ; rendez-vous fut donné dans les fossés de la ville, entre les portes de Bonne et de Trécloître. Les combattants s'y rencontrèrent en compagnie des témoins désignés. Mais comme le cartel et l'heure prise pour le combat étaient à la connaissance de tous les élèves de l'*école centrale*, qui en avaient fait confidence à leurs amis, quatre à cinq cents personnes se trouvaient réunies sur le terrain lors de l'arrivée des adversaires. Néanmoins les pistolets furent chargés, on mesura la distance qui devait séparer les deux acteurs de cette scène mi-burlesque, on les mit en place, et le signal pour tirer allait être donné, lorsque la foule intervint, dans un but de conciliation, et termina l'affaire à l'honneur de tout le monde.

Les études de Beyle à l'*école centrale* eurent à la fois pour objet, de perfectionner celles auxquelles il s'était déjà adonné, et d'acquérir de nouvelles connaissances. Son travail s'appliqua successivement à la langue latine, aux belles-lettres, au dessin, aux mathématiques, à la grammaire générale.

A la fin de l'année scolaire de 1798, Beyle obtint un triomphe qui dut singulièrement flatter son jeune amour-propre. Il suivait le cours de grammaire générale, professé avec distinction par M. l'abbé Gattel ; tout indiquait chez lui une telle supériorité sur ses condisciples, qu'au jour de l'examen aucun d'eux ne voulut en subir l'épreuve. Beyle parut donc seul devant les examinateurs ; il répondit pendant deux heures consécutives, avec une grande netteté, à toutes les questions qui lui furent adressées sur cette branche de l'enseignement, et reçut les diverses couronnes dont le programme l'avait dotée.

Pendant quatre années (1795 à 1799), ses succès furent éclatants dans les divers cours qu'il suivit ; il y obtint constamment *tous* les premiers prix, disputés alors avec beaucoup de zèle. Mais dès le commencement de 1798, son ardeur se porta en particulier sur les mathématiques. Il avait horreur de l'hypocrisie, et pensait, avec raison, qu'en mathématiques elle était impossible.

Indépendamment des leçons reçues à l'*école centrale*, il en prit de particulières, entre autres de M. Gros ; ces dernières à l'insu de son père et avec de l'argent donné par sa grand'tante, mademoiselle Élisabeth Gagnon. Puisque l'occasion m'en est offerte, je dirai quelques mots sur M. Gros, dont la renommée n'a pas franchi les murs de Grenoble.

M. Gros, né de parents pauvres, avait comme l'intuition de toutes les sciences ; mais sa haute raison le portait plus spécialement vers les mathématiques, dans lesquelles il pénétra profondément. M. Gros donnait d'ailleurs la parfaite image du républicain pur, modeste, désintéressé ; les excès et les palinodies qui se produisirent sous la *convention* et sous le *directoire* n'altérèrent nullement ses croyances politiques ; il était resté comme un noble représentant de cette forme de gouvernement dans les temps antiques ; tel enfin qu'on nous peint les sages de la Grèce. N'ayant que peu de besoins, ne comprenant aucune ambition, pas plus celle de renommée que celle d'argent, M. Gros ne s'occupait guère du soin de sa fortune : le charme de la méditation l'emportait sur tout. Aussi était-ce chose fort difficile que d'obtenir des leçons de lui ; on n'en recevait qu'à la dérobée, en quelque sorte, et sans régularité aucune.

M. Gros occupait toute l'âme de Beyle, qui l'adorait et le respectait plus que qui que ce soit : ce fut sa première passion d'admiration. Un jour de grande nouvelle, M. Gros ayant parlé politique pendant une partie de la leçon, refusa d'en recevoir le prix. il y avait là bien de la délicatesse et de l'honnêteté ; car cet homme était pauvre, et vivait dans une petite chambre de la rue Saint-Laurent, le quartier le plus ancien et le plus nécessiteux de Grenoble ; mais dans cette âme grande et pure, toute capitulation de conscience était chose complétement inconnue.

M. Gros, comme on le voit, offrait plus d'un point de ressemblance avec le chansonnier populaire, que je n'ose appeler illustre, tant je craindrais de blesser sa modestie ! Je ne voudrais pas, non plus, m'exposer à troubler par un peu de bruit le calme tout philosophique de la petite chambre où, quand la Muse se tait, le burin de Plutarque commence son œuvre. Chez M. Gros, comme chez M. de Béranger, le naturel des personnes et la simplicité des lieux rappelaient tout de suite ces vers d'Horace :

Non ebur, neque aureum,
Mea renidet in domo lacunar (1).

____

(1)   Chez moi l'éclat de l'or, l'ivoire de l'Indus,
          Ne parent point un lambris magnifique. (DARU.)

Chacun recherchait M. Gros pour sa science et pour son amé-
nité. M. Fourier, l'ancien secrétaire de l'Institut d'Égypte, devenu
préfet de l'Isère, en 1802, l'appréciait justement, et il employait
toutes les séductions de son amabilité à l'attirer dans son cabinet.
Si M. Gros, cédant aux conseils de M. Fourier, fût venu se fixer à
Paris, il eût bientôt appartenu à l'Institut.

Ceux qui ont connu Beyle, avec son esprit si souvent paradoxal,
ne pourront s'expliquer le puissant attrait que lui offrit l'étude
des mathématiques, sous M. Gros. Cette branche de l'instruction
jouissait alors, il est vrai, d'une haute faveur ; le général auquel
la victoire avait si souvent prodigué ses plus brillantes couronnes
dans les champs de l'Italie sortait de l'artillerie. Tous les jeunes
Dauphinois brûlaient de marcher sur ses glorieuses traces, et
aspiraient à l'école polytechnique. C'était d'ailleurs pour Beyle, en
particulier, le moyen d'arriver à sa complète émancipation, de
voir Paris !

Ses professeurs, ses condisciples eux-mêmes, le désignaient
comme le plus *fort* élève ; cette supériorité bien constatée lui
conquit le consentement de ses parents. Malgré toute leur répugnance pour les carrières dépendantes du gouvernement d'alors,
ils cédèrent à l'entraînement universel : Beyle obtint donc la
permission de se présenter comme candidat à l'école polytechnique. Une maladie assez grave, provenant d'excès de travail,
retarda son départ de trois semaines. Enfin, sa santé à peu près
rétablie, nous nous embrassâmes en pleurant, car c'était notre
première séparation, et il partit pour Paris, où tout allait si mal, en
1799, que l'examinateur Louis Monge ne reçut pas même l'ordre
de se rendre à Grenoble ; les candidats à l'école polytechnique
subirent tous leur examen à l'école même. Beyle arriva à Paris, le
10 novembre 1799, juste le lendemain du 18 brumaire an VIII.

Le portefeuille du jeune voyageur contenait quelques lettres de
recommandation ; ses parents lui en avaient remis, entre autres,
pour la famille Daru, à laquelle ils étaient alliés.

Les premiers moments du séjour de Beyle à Paris furent donnés
aux mille émotions résultant du seul aspect des lieux. Cette grande
ville se livrait alors à son enthousiasme pour le héros qui, de sa
puissante main, venait de saisir les rênes de l'État. On se figure
ce que ce fracas populaire et national dut produire sur l'esprit
d'un écolier, dont l'horizon ne s'était jamais étendu au delà des
remparts d'une ville de vingt-cinq mille âmes.

Tout, cependant, ne fut pas bonheur à son début. Logé dans la rue du Bac, il y tomba bientôt malade : c'était une sorte d'hydropisie de poitrine, accompagnée de délire. M. Daru le père lui amena, dans sa petite chambre, le docteur Portal, dont la figure effraya le malade.

Immédiatement après son rétablissement, Beyle alla loger rue de Lille, dans la maison de M. Daru, laquelle avait appartenu à Condorcet. On lui donna un cabinet ayant vue sur des jardins. Là il travaillait sérieusement à son examen pour l'école polytechnique, où il eût été infailliblement reçu, lorsque ce projet, préparé depuis trois années, fut tout à coup abandonné, d'après les conseils de la famille Daru.

Beyle prenait ses repas chez M. Daru père, ce qui l'ennuyait mortellement, bien qu'il eût pour commensaux les deux fils de la maison, MM. Pierre (plus tard le comte) et Martial Daru. La cuisine insipide et les appartements exigus de Paris lui étaient insupportables ; ses yeux, accoutumés aux majestueuses montagnes du Dauphiné, ne se reposaient qu'avec dégoût sur une plate campagne, dépourvue de tout accident pittoresque. Ce dégoût était si profond, qu'il allait presque jusqu'à la nostalgie. Quant à l'argent de poche, il en avait suffisamment, assez même pour se donner le plaisir de bouquiner sur les quais. Ce goût, que l'âge développa considérablement, fut toujours pour lui le sujet d'une dépense quotidienne. Dans toutes ses résidences il achetait des livres, pour les y oublier assez ordinairement lorsqu'il s'en éloignait.

Après le 18 brumaire, M. Pierre Daru était devenu secrétaire général de la guerre, avec rang d'inspecteur aux revues. Au commencement de 1800, il fit attacher Beyle à son ministère, en qualité de surnuméraire. On le plaça dans un bureau, dont la seconde table était occupée par un M. Mazoyer, auteur d'une tragédie de *Thésée*, pâle imitation de Racine. Le ministère de la guerre était alors rue Hillerin-Bertin.

Un jour M. Daru dicta une lettre à Beyle : il écrit *cela* par deux *l*, *cella*. «Voilà donc ce brillant humaniste qui a remporté tous les prix dans son endroit ! » s'écrie l'heureux traducteur d'Horace. Qu'on juge du malheur et de l'humiliation de notre lauréat.

Pour se consoler un peu de la confusion que lui avait occasionnée son ignorance en orthographe, Beyle, qui avait obtenu le premier prix de ronde bosse à l'*école centrale* de Grenoble, voulut essayer de la peinture ; M. Renault, l'auteur de l'*Éducation d'A-*

chille, dont l'atelier était dans une salle du Louvre, l'initia à cet art, qu'au reste il n'a pas cultivé depuis lors.

Voici une page qui pourra faire juger de l'état de l'âme de Beyle pendant son premier séjour à Paris.

« Je me rappelle le profond ennui des dimanches ; je me promenais au hasard. C'était donc là ce Paris que j'avais tant désiré ! L'absence de montagnes et de bois me serrait le cœur. Les bois étaient intimement liés à mes rêveries d'amant tendre et dévoué, comme dans l'Arioste. Tous les hommes me semblaient *prosaïques* et plats dans les idées qu'ils avaient de l'amour et de la littérature. Je me gardais de faire confidence de mes objections contre Paris. Ainsi, je ne m'aperçus pas que le centre de Paris est à une heure de distance d'une belle forêt, séjour des cerfs sous les rois. Quel n'eût pas été mon ravissement, en 1800, de voir la forêt de Fontainebleau où il y a quelques petits rochers en miniature, les bois de Versailles, Saint-Cloud, etc. Probablement j'eusse trouvé que ces bois ressemblaient trop à un jardin.

« Quand je m'ennuyais dans un salon (de décembre 1799 à mai 1800), j'y manquais la semaine d'après, et n'y reparaissais qu'au bout de quinze jours. Avec la franchise de mon regard et l'extrême malheur de prostration des forces que l'*ennui* me donne, on voit combien je devais avancer mes affaires par ces absences. D'ailleurs je disais toujours d'un sot : *c'est un sot.* Cette manie m'a valu un *monde* d'ennemis. Depuis que j'ai eu de l'esprit (en 1826) les épigrammes sont arrivées en foule, et des *mots qu'on ne peut plus oublier*, me disait un jour cette bonne madame M***. »

En 1800, les sociétés littéraires pullulaient à Paris ; M. Daru était à la fois le président de quatre de ces sociétés, qui alors, on peut le dire en toute assurance, n'étaient pas aussi vides d'intérêt que le sont généralement celles actuelles. Un soir, M. Daru conduisit Beyle à l'une des sociétés qu'il présidait. La poésie que l'on y débita lui parut plate et bourgeoise ; en un mot, lui fit horreur. Quelle différence avec l'Arioste et Voltaire ! Mais il admira fort dans cette réunion la beauté si séduisante de madame Constance Pipelet (1), qui lut une pièce de vers. Plus tard, lorsqu'elle fut devenue princesse de Salm-Dyck, Beyle eut occasion de la rencontrer dans le monde, et lui avoua la vive impression que ses

____

(1) Morte à Paris, le 13 avril 1845, à l'âge de soixante-dix-huit ans.

charmes avaient produite sur son jeune cœur à cette réunion littéraire où l'avait mené M. Daru. Beyle racontait d'une manière piquante les circonstances assez singulières qui précédèrent les secondes noces de cette femme adorable avec le prince de Salm.

L'existence de Beyle allait changer entièrement; encore un moment, et il s'ouvrira devant lui une carrière semée des sensations les plus variées.

Carnot, ministre de la guerre, préparait secrètement la mémorable campagne de 1800, et le premier consul méditait l'une de ses plus belles conceptions militaires. M. Martial Daru, en qualité de sous-inspecteur aux revues, secondait son frère dans les travaux qu'exigeait la réunion à Dijon de ces troupes qui, sous le nom d'armée de réserve, avaient des états-majors pour six divisions, et offraient à peine un effectif de quinze mille hommes, placés sous le commandement de Brune. Leur mission étant remplie, MM. Daru reçurent l'ordre de partir pour l'Italie; ils engagèrent Beyle à venir les y rejoindre, sans trop savoir en quelle qualité. Il accepta dans la joie de son cœur cette proposition aventureuse, et fourra dans son portemanteau une trentaine de volumes d'éditions *stéréotypes*, nouvelle invention dont il affectionnait particulièrement les produits.

Beyle quitta Paris vers le milieu d'avril 1800, traversa Dijon, et arriva à Genève. Son premier soin fut de courir, rue *Chevelue*, voir la petite maison où était né Rousseau, en 1712; on sait que cette chétive masure a été démolie en 1833, et remplacée par une superbe maison donnant sans doute un revenu élevé.

Quelque temps auparavant, M. Daru l'aîné, passant par Genève, y avait laissé un cheval malade : ce fut sur cette monture convalescente que Beyle alla le rejoindre à Milan.

Mais laissons-lui raconter son départ de Genève.

« Ce cheval, qui n'était pas sorti de l'écurie depuis un mois, au bout de vingt pas, s'emporte, quitte la route et se jette vers le lac, dans un champ planté de saules. Je mourais de crainte, mais le sacrifice était fait; les plus grands dangers n'étaient pas capables de m'arrêter : je regardais les épaules de mon cheval, et les trois pieds qui me séparaient de terre me semblaient un précipice sans fond; pour comble de ridicule, je crois que j'avais des éperons. Mon jeune cheval fringant galopait donc au hasard au milieu de ces saules, quand je m'entendis appeler : c'était le domestique, sage et prudent, du capitaine Burelviller qui, enfin, en me criant de retirer la bride et s'approchant, parvint à arrêter le cheval, après une galopade d'un quart d'heure au moins dans tous les sens. Il me semble qu'au milieu de mes peurs sans nombre, j'avais celle d'être entraîné dans le lac.

« Que me voulez-vous ? dis-je à ce domestique, quand enfin il eut pu calmer mon cheval. — Mon maître désire vous parler. »

« Aussitôt je pensai à mes pistolets ; c'est sans doute quelqu'un qui veut m'arrêter. La route était couverte de passants, mais toute ma vie j'ai vu mon idée et non la réalité, comme un *cheval ombrageux*, me disait, dix-sept ans plus tard, M. le comte de Tracy.

« Je reviens fièrement au capitaine, que je trouvai obligeamment arrêté sur la grande route. « Que me voulez-vous, monsieur ? » lui dis-je, m'attendant à faire le coup de pistolet.

« Le capitaine, d'un air narquois et fripon, n'ayant rien d'engageant, bien au contraire, m'expliqua qu'en passant la porte de Cornavin, on lui avait dit : « Il y a là un jeune homme qui s'en va à l'armée sur ce cheval et qui n'a jamais vu l'armée, ayez la charité de le prendre avec vous pour les premières journées. »

« M'attendant toujours à me fâcher et pensant à mes pistolets, je considérais le sabre droit et immensément long du capitaine Burelviller qui, ce me semble, appartenait à l'arme de la grosse cavalerie, habit bleu, boutons et épaulettes d'argent.

« Je crois que pour comble de ridicule j'avais un sabre ; même, en y pensant, j'en suis sûr. Autant que je puis en juger, je plus à ce M. Burelviller, qui peut-être avait été chassé d'un régiment et cherchait à se raccrocher à un autre.

« M. Burelviller répondait à mes questions et m'apprenait à monter à cheval ; nous faisions l'étape ensemble, allions prendre ensemble notre billet de logement, et cela dura jusqu'à Milan.

« Comme le sacrifice de ma vie à ma fortune était fait et parfait, j'étais excessivement hardi à cheval ; mais hardi en demandant toujours au capitaine Burelviller : Est-ce que je vais me tuer ? Heureusement mon cheval était suisse, pacifique et raisonnable comme un Suisse ; s'il eût été romain et traître, il m'eût tué cent fois.

« Le capitaine s'appliqua à me former en tout, et il fut pour moi, de Gênes à Milan, pendant un voyage de quatre à cinq lieues

par jour, ce qu'un excellent gouverneur doit être pour un jeune
prince. Notre vie était une conversation agréable, mêlée d'événements singuliers et non sans quelque petit péril ; par consé-
quent impossibilité de l'apparence la plus éloignée de l'ennui. Je
n'osais dire mes chimères, en parlant *littérature* à ce roué de
vingt-huit ou trente ans, qui paraissait le contraire de l'émotion.
Dès que nous arrivions à l'étape, je le quittais, je donnais l'étrenne
à son domestique pour bien soigner mon cheval ; puis j'allais rêver
en paix. »

Malgré la difficulté des chemins et la saison encore rigoureuse,
ici commence pour Beyle une époque d'enthousiasme et de plaisirs vifs. Plusieurs fois je lui ai entendu dire :

« J'ai eu un lot exécrable de sept à dix-sept ans ; mais depuis
« le passage du mont Saint-Bernard, je n'ai plus eu à me plaindre
« du destin ; mais, au contraire, à m'en louer. »

Nos deux voyageurs passèrent à Rolles, jolie petite ville du canton
de Vaud, le 10 mai. Le son des cloches du temple protestant, joint
à la beauté du site, et la vue du lac Léman, jetèrent Beyle dans une
véritable extase. Des sensations d'une tout autre nature l'attendaient au grand Saint-Bernard, qu'il traversa le 22 mai, deux jours
après le premier consul (1). Ce ne fut pas sans courir quelques
dangers que l'écuyer novice se tira sain et sauf de routes à peine
tracées sur des rochers en pente couverts de neige, de glace, et
par un froid aigre, malgré le soleil de mai.

Le capitaine Burelviller croyait toute notre armée à quarante
lieues en avant, lorsqu'ils en trouvèrent une brigade arrêtée devant le fort de Bard (2), situé entre Aoste et Ivrée. Cette forte-
resse, bâtie sur un mamelon conique et entre deux montagnes,
à vingt-cinq toises l'une de l'autre, ayant le torrent de la Doria
qui coule à son pied, fut, pour nos soldats, un obstacle plus considérable que celui du grand Saint-Bernard lui-même. Toutefois,
la ville de Bard étant tombée en notre pouvoir, le 25 mai, pendant que deux régiments faisaient le siége du fort, le gros de
l'armée française continua sa marche à travers la ville avec de
grandes difficultés, mais emmenant cependant son artillerie avec
elle. C'est devant le fort de Bard que Beyle vit le feu pour la première fois ; une canonnade épouvantable, retentissant au milieu

____

(1) Toute l'armée française passa le Saint-Bernard les 17, 18, 19 et 20 mai 1800.
(2) Le fort de Bard se rendit le 1er juin.

de ces rochers si hauts et dans une vallée si étroite, le rendit fou
d'émotion.

Le général Lannes étant entré de vice force à Ivrée le 24 mai,
toute l'armée de réserve y arriva les 26 et 27. Beyle assista à Ivrée
à une représentation du *Matrimonio segreto*, de Cimarosa, qui
l'affecta délicieusement. Ce fut, m'a-t-il répété souvent, l'un des
plus grands plaisirs de sa vie.

Beyle fit son entrée à Milan dans les premiers jours de juin (1800);
c'est-à-dire, par une charmante matinée de printemps. M. Martial
Daru, qu'il rencontra au détour d'une rue, le conduisit à la casa
Dadda; jamais ravissement ne fut plus complet que celui du jeune
voyageur! Tout le charmait dans cette grande ville, l'architecture,
la peinture, la musique, les femmes, la société, avec sa physionomie
demi-étrangère. Et puis, comment ne pas participer aux émotions
patriotiques, tant italiennes que françaises, que fit naître la présence du premier consul à Milan. C'était, il faut en convenir, une
admirable époque d'espérances pour tous les cœurs généreux! La
Lombardie échappait miraculeusement à son plus grand danger :
celui de retomber sous le joug de l'Autriche. La France, fière du
puissant génie auquel elle était redevable de toutes les gloires,
voyait encore bénir son nom par les peuples qui, sous sa puissante égide, échappaient à l'oppression, naissaient à la liberté!

Au milieu de cet immense mouvement des esprits Beyle jouissait
du présent sans se préoccuper de l'avenir. Cependant l'armée française prend des positions; tout annonce un engagement prochain,
sérieux et où le destin de l'Italie du Nord sera fixé. Beyle suit le
quartier général; et le 14 juin, il assiste, en amateur, à la bataille
de Marengo.

Le 18 juin, le premier consul rentre à Milan, au milieu d'une
population ivre de joie; jamais, peut-être, le triomphe d'un général victorieux ne fut entouré d'un bonheur aussi universel.

Bonaparte déclara le rétablissement de la république cisalpine,
et prescrivit diverses mesures touchant l'organisation des pou-
voirs; il nomma M. Pétiet, ancien ministre de la guerre, gouverneur de la Lombardie, avec le titre de ministre extraordinaire.

Beyle entra dans les bureaux de M. Pétiet, sur la recommandation de M. Daru, alors inspecteur aux revues, attaché à l'armée
d'Italie. Ce genre d'occupations avait, entre autres, l'avantage de
lui permettre de voir Milan et de parcourir ses environs. Pendant

trois mois, il donna à ce double plaisir tous les instants qu'il pouvait dérober aux travaux du bureau. L'une de ses premières excursions eut pour objet les îles Borromées; il les visita en compagnie du fils du général Mélas; ce jeune homme profitait de l'armistice signé entre le premier consul et son père, le 15 juin, le lendemain même de la bataille de Marengo, pour voir ce que la Lombardie offre de plus curieux.

Beyle fut ravi des magnificences de l'admirable pays qu'on parcourt de Milan à Laveno, en passant par Como et Varèse. Il m'écrivit une longue lettre descriptive de cette délicieuse promenade, au milieu de toutes les séductions que la nature peut réunir; sa jeune imagination s'essayait déjà d'une manière fort agréable sur ce beau paysage. Il vit alors, dans toute sa fraîcheur, le mot *bataille,* que Bonaparte avait buriné, tout récemment, sur l'une des deux branches de ce *laurus nobilis*, qu'on fait encore remarquer aux voyageurs, au milieu du magnifique bosquet de lauriers, des jardins de l'*Isola bella*. En 1828, cette branche du laurier, qui croît sur dix-huit pouces de terre, avait neuf pieds de circonférence; j'ai retrouvé encore quelques légères traces du mot gravé par Bonaparte, avec la pointe de son épée. On sait qu'un officier autrichien a frappé d'un coup de sabre ces caractères inoffensifs, et qu'un Anglais a enlevé plus tard, comme relique, un morceau de l'écorce.

Le 23 septembre (1800), Beyle, déjà ennuyé de la vie de bureau, entra comme maréchal des logis dans le 6e régiment de dragons; au bout d'un mois, il y obtint l'épaulette, et fut reçu sous-lieutenant à Romanego, entre Brescia et Crémone.

Le jeune officier fut bientôt placé comme aide de camp auprès du général de division Michaud, qui commandait la réserve de l'armée, sous les ordres de Brune, et fit en cette qualité la campagne du Mincio. Le général Michaud passa le Mincio le 24 décembre (1800) à Mozembano, avec la réserve. Cette campagne de vingt-six jours (du 19 décembre 1800 au 14 janvier 1801) fut la plus importante des Français, en Italie, après celles de Bonaparte, en 1796 et 1797; elle força l'Autriche à signer, le 9 février 1801, le traité de Lunéville.

Le 12 janvier (1801), Castel-Franco était tombé en notre pouvoir, après un combat très-vif, où l'ennemi avait perdu quinze cents hommes. Beyle, qui avait donné des preuves de bravoure et d'intrépidité en toute occasion, se distingua particulièrement au combat, en avant de Castel-Franco. J'ai entre les mains un certificat du général Michaud qui en fait foi, et qui atteste, en outre, que dans tout le cours de la campagne il s'acquitta toujours avec courage, zèle, exactitude, intelligence, des différentes missions dont il fut chargé.

Beyle habita alternativement les charmantes garnisons de Brescia et de Bergame, d'où il faisait de fréquentes excursions à Milan. Alors, son existence, semée de sensations variées, romanesques, réalisait pour lui la chimère du bonheur parfait. Ce fut, à cette époque, qu'il reçut au pied une blessure, d'un coup de pointe, dans un duel.

Ne pouvant rester auprès du général Michaud, parce que, d'après une récente décision, il fallait être pourvu du grade de lieutenant pour remplir les fonctions d'aide de camp, Beyle reçut, le 17 septembre 1801, l'ordre de rejoindre le 6ᵉ régiment de dragons (auquel il n'avait pas cessé d'appartenir), alors en garnison à Savigliano, dans le Piémont. Prenant bientôt en dégoût la vie militaire, hors du champ de bataille, après une année de cette existence maussade, il donna sa démission le troisième jour complémentaire de l'an X (20 septembre 1802), pendant la petite paix qui suivit le traité d'Amiens (1) (27 mars 1802) ; ce qui irrita beaucoup ses protecteurs. Cela fait, il revint pour un moment chez ses parents, à Grenoble.

Le voici, lui dont les idées et les sentiments avaient éprouvé de si notables modifications dans sa vie aventureuse à Paris et en Italie, au sein d'une famille qui est restée absolument ce qu'elle était au moment où il a quitté le toit paternel. C'est un jeune étourdi, soldat par les formes, libertin par la pensée, qui veut réformer radicalement des gens vieux, respectant, à peu de choses près, tout ce qu'il méprise, et ayant en horreur tout ce qui fait l'objet de ses prédilections.

Cette folle tentative n'ayant eu d'autre résultat que de soulever dans la maison un violent orage contre lui, Beyle obtint de son père la promesse d'une pension de cent cinquante francs par mois, avec la permission d'habiter Paris. Il vint s'y établir en juin 1803, et se logea rue d'Angivilliers, à un cinquième étage, ayant vue sur la colonnade du Louvre. Là, vivant solitairement, à mille lieues de la vie réelle, il employait le temps à refaire son

____

(1) L'Angleterre recommença les hostilités contre la France le 16 mai 1803.

éducation. C'est à quoi nous sommes tous condamnés ; car, quiconque ne sait pas lui-même achever son éducation, reste et doit rester dans la classe commune.

Les *Lettres persanes*, *Montaigne*, *Cabanis*, *Destutt de Tracy*, *Say*, *J.-J. Rousseau*, étaient ses lectures favorites, l'objet de ses méditations habituelles.

Il lisait beaucoup aussi les tragédies d'Alfieri, s'efforçant d'y trouver du plaisir. Sa vie retirée et studieuse lui donnait l'aspect et les allures d'un Espagnol exalté.

Sur son modeste revenu de 5 francs par jour, il prélevait le prix de leçons d'anglais et d'escrime. Le bon père Yéky, dont la qualité de prêtre irlandais protégeait le séjour à Paris, lui enseignait la langue anglaise, dans laquelle il ne faisait pas de rapides progrès, quoique déjà plein d'enthousiasme pour l'auteur d'*Hamlet*.

C'était dans la salle de l'élégant Fabien, qu'il allait faire des armes avec plusieurs jeunes Dauphinois de ses amis ; il avait peu de dispositions pour cet exercice ; le sombre Renouvier, prévôt de la salle de Fabien, le lui faisait comprendre poliment.

Deux années s'écoulèrent ainsi ; c'était bien long pour un homme de cette mobilité, aussi passionné pour l'imprévu, pour tout changement quelconque.

En mars 1805, Beyle alla essayer encore une fois de la vie de famille, à Grenoble ; elle lui parut supportable pendant quelque temps ; car une jolie actrice, dont il était très-épris, le payait de retour. Tout allait au mieux, lorsque cette jeune femme partit pour Marseille, où elle avait contracté un engagement ; il fallait absolument la suivre ; mais comment faire ? Le moyen dont il usa ne se devinerait guère.

Beyle se montra tout à coup épris d'une belle passion pour le commerce ! M. Raybaud, fils d'un petit épicier de Grenoble, ayant sa boutique dans la maison même de M. Gagnon, faisait à Marseille d'assez grandes affaires sur les denrées coloniales : Beyle obtint d'entrer dans cette maison, en qualité de commis. Le voilà donc assis sur un escabeau de comptoir, plus heureux que jamais auprès de celle qu'il aimait, et persuadé que le commerce était sa véritable vocation : il me le disait dans toutes ses lettres. Cette félicité, qui ne laissait rien voir au delà, dura une année.

Bref, la passion ayant pris fin par le mariage de l'actrice avec un grand seigneur russe, le métier de négociant fit horreur à Beyle, et il obtint de sa famille la permission de revenir à Paris, où il reprit ses habitudes studieuses.

M. Martial Daru, sous-inspecteur aux revues, engagea Beyle à l'accompagner à l'armée ; il fut très-contrarié d'abandonner les travaux littéraires auxquels il se livrait de nouveau avec ardeur. Cependant, il accepta ; assista à la bataille d'Iéna, le 14 octobre 1806, et vit l'entrée triomphale de Napoléon à Berlin, le 26. Peu de jours après, M. le comte Daru, alors intendant général dans le pays de Brunswick, fit conférer à Beyle l'emploi d'*intendant des domaines de l'empereur* à Brunswick.

Le 11 juillet 1807, un décret impérial, daté de Kœnigsberg, le nommait *adjoint aux commissaires des guerres*.

Ses fonctions d'intendant le fixèrent à Brunswick pendant les années 1807 et 1808 ; il profita de son séjour dans cette ville, pour y étudier la langue et la philosophie allemandes.

Beyle était adroit à la chasse et tirait fort bien le pistolet. Un jour, à Brunswick, se trouvant dans une voiture menée au grand trot, il abattit, à quarante pas, un corbeau, d'un coup de pistolet chargé d'une seule balle ; ce qui lui valut le respect des aides de camp du général de Rivaud-la-Raffinière.

La campagne de 1809 l'éloigna de Brunswick ; M. le comte Daru, devenu intendant général de la grande armée, le chargea de missions particulières, dans lesquelles sa capacité et son courage personnel purent être appréciés. On a cité, en preuve, un fait qui m'était resté inconnu ; mais comme il n'y a aucun motif de le révoquer en doute, je le consignerai ici.

Beyle était abandonné avec les malades et les approvisionnements dans une petite ville dont la garnison avait été jugée plus utile ailleurs. Officier d'administration, le dépôt qu'on laissait était placé sous sa responsabilité. Le pays était mal disposé à notre égard, et n'attendait qu'une occasion pour nous le faire sentir. A peine la garnison avait-elle quitté la ville, qu'une insurrection formidable s'organisa, le tocsin sonna, toute la population se leva. Il ne s'agissait de rien moins que de massacrer les malades à l'hôpital, et de piller ou brûler les magasins. Privés de troupes, les officiers militaires de la place ne savaient où donner de la tête. Cependant l'émeute devenait plus menaçante. Les abords de l'hôpital s'encombraient, les cris de mort se faisaient entendre ; au péril de ses jours, Beyle se jette dans ces rues abandonnées à une

multitude de furieux, et pénètre dans l'hôpital. Les convalescents,
les malades, les blessés, tout ce qui peut un instant se tenir debout
ou à peu près, il fait tout lever, il arme tout. Les plus impotents,
il les met en embuscade aux fenêtres, qui, garnies de matelas, de-
viennent des meurtrières ; les autres, cavalerie, infanterie, toutes
les armes confondues cette fois sous l'uniforme lugubre de l'hôpital, il en fait un peloton ; il ouvre les portes et se précipite sur
l'émeute. A la première décharge, tout se dissipa. (*Revue des
Deux-Mondes* du 15 janvier 1843, page 266.)

Poursuivant ses succès, l'armée française faisait des pas de
géant ; le 10 mai 1809, le canon gronda toute la journée autour
du petit jardin de Haydn, à demi-lieue de Schoenbrunn ; quatre
obus vinrent tomber tout près de sa maison ; sa vieillesse, déjà
si ébranlée, ne put soutenir cette secousse ; il se figurait que
Vienne, objet de son affection, serait mise à feu et à sang. Enfin,
il rendit le dernier soupir le 51 mai. Quelque semaines après sa
mort, on exécuta, en son honneur, le *Requiem* de Mozart, dans
l'église des Écossais. Beyle, cantonné aux environs de Vienne, se
hasarda à venir en ville, pour assister à cette touchante cérémo-
nie, où nationaux et étrangers apportèrent un égal tribut de regrets à la perte que les arts venaient d'éprouver.

Tout en faisant une rude guerre à l'Autriche, Napoléon, pendant
son séjour à Vienne, ne perdait pas de vue ses projets de mariage
avec l'archiduchesse Marie-Louise. Beyle, dont la capacité et la
discrétion avaient pu être appréciées dans maintes circonstances,
participa aux travaux et aux négociations qui précédèrent ce grand
événement. Après la paix de Schoenbrunn, il revint à Paris. Cette
glorieuse campagne apporta de notables changements dans sa position ; il se trouvait en relation habituelle avec grand nombre de
personnages puissants, et M. le comte Daru semblait l'entourer
d'une confiance qui, à elle seule, en faisait un homme important.
Le malheur, c'est que le traitement d'*adjoint aux commissaires
des guerres*, le seul dont il jouissait, était de 1,800 francs seulement ; que son père ne lui donnait qu'une somme égale, et que ses
dépenses atteignaient, dépassaient même 20,000 francs. La fréquentation habituelle des hauts fonctionnaires de l'empire, et la nature des travaux dont M. le comte Daru l'avait chargé à l'inten-
dance générale de la maison de l'empereur, ne lui permettaient
guère de faire autrement : c'est l'époque de sa vie où il a dé-
pensé le plus.

Le 5 août 1810, Beyle fut compris comme *auditeur* de première classe dans la promotion des trois cents auditeurs au conseil d'État que fit l'empereur. Ayant été employé sous les ordres de M. Daru, dans les campagnes d'Iéna et de Wagram, il fut attaché à la section de la guerre du conseil d'État.

Le 22 août (1810), Napoléon institua deux *inspecteurs de la comptabilité du mobilier et des bâtiments de la couronne.* Sur la présentation de M. le comte Daru, intendant général de sa maison, l'empereur nomma à ces deux emplois MM. Beyle et Lecoulteux-Canteleu, également auditeur. Beyle fut, en outre, chargé, à la liste civile, de la direction du bureau de la Hollande. C'est de cette époque que datèrent ses relations avec le duc de Frioul, le sage, honnête et fidèle Duroc, grand maréchal du palais.

La place d'inspecteur du mobilier de la couronne réunissait pour Beyle l'agréable à l'utile; ses divers émoluments ou revenus pouvaient s'élever annuellement à 12,000 francs. Cela ne suffisait peut-être pas entièrement à tous ses besoins; mais le déficit ne pouvait plus donner de sérieuses inquiétudes. Quant à ses relations de société, elles avaient beaucoup grandi par le seul fait de ses fonctions d'inspecteur du mobilier de la couronne, qui donnaient entrée à la cour.

Le dimanche, 16 décembre 1810, après la messe, Beyle fut présenté à Marie-Louise, au château des Tuileries, par la belle duchesse de Montebello, dame d'honneur de l'impératrice.

Si le système d'éducation suivi par ses parents, à l'égard de Beyle, a exercé une notable influence sur son caractère; sur la marche et la tendance de ses idées, on ne peut méconnaître celle, tout aussi décisive, pour ses facultés, qu'il dut à son existence sous l'empire. Voyant de près les rouages de cette grande machine; vivant à peu près exclusivement de la vie qui animait la partie active de la nation; prenant part aux actes émanés de la pensée du puissant génie qui imposait ses lois à l'Europe; nourri de l'esprit que projetait cet astre si resplendissant; émerveillé de sa marche imposante, comme de la majesté de ses mouvements, on peut concevoir l'invincible dégoût dont Beyle dut être saisi à la vue de tout ce qui suivit cette grande époque! Ne pouvant, ne voulant entrer en lutte avec aucun des renégats de toute espèce, entre lesquels s'éleva cette ignoble rivalité de platitudes, de lâchetés, de trahisons, Beyle prit un singulier parti : celui, comme on dit, de *hurler avec les loups*; de rire de tout, de n'attacher

d'importance à rien. Ceux qui ne le connaissaient qu'imparfaite-
ment, ne manquèrent pas de l'accuser de versatilité, d'ingratitude,
de dédain pour l'humanité, d'orgueil extrême, d'insensibilité, de
penchants aristocratiques, etc. ; tandis qu'au fond et sans préten-
dre que le germe de tout ou partie de ces défauts ne fût pas en
lui, on ne devait voir dans sa conduite que le développement de
sa haute admiration pour Napoléon, aussi bien que la conscience
de sa supériorité, et de la profondeur de ses observations, sur le
temps où il vivait.)

Après beaucoup de difficultés de la part de M. de Champagny,
intendant de la maison de l'empereur, Beyle obtint la permission
de faire la campagne de Russie, en 1812. Le 6 juin, assistant au
passage du Niémen par la grande armée, toute son attention
s'appliqua à l'examen physiologique de ces masses de soldats,
appartenant à tant de climats différents. Aidé dans ses observations par le livre de Cabanis, il essayait l'application de ses doctrines sur les tempéraments, au fur et à mesure du défilé de cette
multitude. C'est sur les bords du Niémen que l'auteur de l'*Histoire
de la peinture en Italie* réunit les premières idées du chapitre
sur les tempéraments qu'il y a inséré ; c'est aussi là qu'il recon-
nut que le tempérament sanguin était celui le plus dominant chez
les Français.

Il suivit le quartier général à Moscou, et assista à l'incendie de
l'antique métropole de la Russie. Aux premières lueurs de cet
immense cataclysme de flammes, il sortit précipitamment au milieu de la rue, croyant avoir le spectacle si désiré d'une aurore
boréale; mais son erreur fut bientôt dissipée, en voyant le Krem-
lin tout en feu, et en entendant le bruit des tambours, battant le
rappel sur tous les points.

Pendant le cours de cette désastreuse campagne, Beyle remplit
momentanément les fonctions de directeur général de l'approvi-
sionnement des places de Minsk, Witepsck et Mohiloff.

Après avoir perdu dans la retraite chevaux, voitures, argent
et effets, il vint reprendre à Paris son inspection du mobilier de
la couronne.

En 1813, il était à Mayence, à Erfurth, à Lutzen, à Dresde, avec
le quartier général de l'empereur. Il remplissait à Sagan (Silésie)
les fonctions d'intendant. Cependant sa santé, fort altérée par la
retraite de Moscou et par des fatigues de tout genre, l'obligea à
prendre quelque repos, sous un climat plus doux ; six semaines

de séjour sur les bords du lac de Como et à Naples, pendant les mois d'octobre et de novembre, le rétablirent tout à fait.

Au commencement de janvier 1814, lorsque les armées ennemies envahissaient de tous les côtés le territoire de l'empire, le gouvernement envoya M. le sénateur, comte de..... à Grenoble, en qualité de *commissaire extraordinaire*. Beyle lui fut adjoint, et reçut des instructions particulières de Napoléon à ce sujet. Il donna dans cette importante circonstance de nouvelles preuves de capacité. Le sénateur prenait des arrêtés pour toutes les mesures urgentes, faisait des proclamations, appelait les Dauphinois aux armes, etc.; c'était Beyle qui, en réalité, agissait et dirigeait le sénateur.

Je ne puis me dispenser de mentionner ici une circonstance de cette mission, qui attira quelque ridicule sur Beyle, sans qu'il y eût presque de sa faute; voici le fait. Lui, dont les amers sarcasmes ont si souvent poursuivi les gens titrés, avait affublé son nom, sous l'empire, de la particule appartenant à la noblesse. Alors, comme aujourd'hui, c'était la grande affaire des petits bourgeois enrichis; un hasard malencontreux lui fit partager momentanément leur sottise.

Lorsqu'il s'agit, en 1810, de rédiger le décret impérial qui nommait les deux *inspecteurs du mobilier de la couronne*, M. le comte Daru éprouvait une sorte de répugnance à écrire le nom de Beyle, tout court, à côté de celui de son collègue M. Lecoulteux-Canteleu; quelqu'un opinait pour placer la noble particule devant le nom de Beyle; M. Daru s'y refusait, trouvant que cette adjonction ressemblait à un faux. Grand était l'embarras, lorsqu'on eut l'heureuse idée de demander à Beyle son acte de naissance; il y était désigné comme fils de *noble Chérubin-Joseph Beyle*, etc. Puisque son père est noble, dit l'interlocuteur officieux, comment le fils ne le serait-il pas? La difficulté ainsi levée, Beyle fut M. *de Beyle*, sur le décret qui le nommait inspecteur du mobilier de la couronne.

Tout alla au mieux pour le nouveau noble, jusqu'au moment où une épreuve difficile lui était réservée, dans sa ville natale. Les actes émanant du commissaire extraordinaire de l'empereur étaient contre-signés par M. *de Beyle*, auditeur au conseil d'État. Ce *de*, dont son père n'avait jamais songé à se parer, devint l'objet de propos piquants. On ne se borna pas toujours à des *lazzi*; chaque fois qu'une publication du sénateur paraissait sur les murs

de Grenoble, c'était à qui effacerait le *de* placé devant le nom de
Beyle, soit avec de l'encre, soit en l'enlevant avec un grattoir.
Quelquefois, même, on ajoutait à la main :

« Faute d'impression, ou, plaisanterie fort déplacée dans les
« graves circonstances où nous nous trouvons. »

Voyez maintenant l'étrange situation de Beyle ! Il se trouvait
placé entre deux écueils : se résigner au ridicule, ou raccourcir
son nom consacré par un décret impérial, et sous lequel il était
connu, depuis près de quatre ans, à la cour et dans l'armée.

Le *commissaire extraordinaire* avait pour mission d'imprimer
une direction plus prompte, plus énergique, aux mesures adoptées pour la défense du territoire. Dans ces moments de crise et
d'excitation générale, chacun se croit le droit, et même le devoir,
de surveiller la conduite des dépositaires de l'autorité. Ici, il faut
l'avouer, par des causes dont l'appréciation a échappé jusqu'à ce
moment au jugement des hommes impartiaux, tout semblait disposé pour favoriser l'invasion de l'ennemi, et pour neutraliser le
patriotisme si dévoué des Dauphinois ; leur bouillante indignation
se manisfesta bientôt par le cri de *trahison !* hautement articulé.
Beyle repoussa longtemps une accusation qui lui semblait absurde.
Cependant, quelques doutes s'étant élevés dans son esprit, sur
l'efficacité des moyens administratifs et militaires employés pour
repousser l'ennemi, il voulut juger, par lui-même, de l'état des
choses, et se rendit, vers le milieu du mois de mars, à l'armée d'avant-
garde, bivaquée à Carouge. Elle se composait de dix mille hommes de toutes armes, chargés d'observer les Autrichiens occupant
Genève et la rive droite de l'Arve. J'étais du voyage.

Beyle et moi, nous occupions la même chambre à Carouge,
lorsque, le lendemain de notre arrivée, nous fûmes réveillés au
point du jour par un fracas étrange, dans le galetas au-dessus de
cette chambre : c'était un boulet de canon autrichien, qui était
venu se loger dans la toiture de notre auberge.

Beyle rencontra les meilleures dispositions chez l'un des deux
généraux de division placés à la tête de notre petite armée, le
comte Desaix. L'autre général, au contraire, celui qui, par ancien-
neté de grade, avait le commandement en chef, ne possédait pas
au même degré cette chaleur qui animait le brave Desaix, digne
du grand homme dont il portait presque le nom. Le commandant
supérieur se tenait à l'écart et se montrait peu aux soldats. « C'est
le médecin Tant mieux, et le médecin Tant pis, » me disait Beyle.

L'objet de sa mission étant rempli, il quitta Carouge après un séjour de trente-six heures, et retourna à Grenoble, auprès du commissaire extraordinaire. Puis, se rappelant le serment qu'il avait prêté à l'empereur, il sollicita et obtint la permission de revenir à Paris. Son intention était de soumettre, directement à Napoléon, ses observations sur l'insuffisance des mesures adoptées pour la défense de la Savoie et du Dauphiné ; mais ce zèle fort louable fut en pure perte : il trouva les Cosaques à Orléans, et entra à Paris le 1ᵉʳ avril (1814), le jour même où le sénat prononça la déchéance de l'empereur.

La fortune de Beyle s'évanouit avec celle de Napoléon ; il perdit tout, présent, avenir, et prit gaiement la chose. On était même tant soit peu étonné de voir un des fonctionnaires de l'empire se réjouir de la chute du « *déspote qui avait volé la liberté à la* « *France,* » et montrer une sorte d'engouement pour les semblants de libéralisme de la *restauration*. Ceci paraissait d'autant plus étrange, que le fervent néophyte ne faisait rien pour capter la bienveillance du nouveau gouvernement, qu'il refusait même le concours que lui offraient, dans ce but, plusieurs de ses amis. Peut-être vit-il uniquement dans le changement de sa position un moyen naturel de s'affranchir de toute entrave, et de mener cette vie de cosmopolite, à laquelle il s'est abandonné depuis lors sans réserve. L'épigraphe de son existence semblait être cette maxime tirée d'un petit volume du dernier siècle :

« L'univers est une espèce de livre dont on n'a lu que la pre-« mière page, quand on n'a vu que son pays. »

Il résolut d'en feuilleter encore d'autres. Vers le milieu du mois d'août 1814, Beyle quitta Paris et se rendit à Milan, où il séjourna pendant trois années consécutives. C'est donc par erreur qu'on l'a fait figurer parmi les combattants à Waterloo ; il ne vint point en France dans l'interrègne, jugeant que Napoléon ayant contre lui tous les souverains de l'Europe, sa cause n'avait pas de chance de succès.

Ces trois années passées à Milan paraissent avoir été pour lui une époque bien heureuse ; il en parlait toujours avec enthousiasme. Les délicieuses soirées des loges de la Scala ne pouvaient sortir de sa mémoire. Sans être riche, sa bourse suffisait à ses besoins ; il était jeune, amoureux, en relation journalière avec les hommes les plus distingués, et il écrivait l'*Histoire de la peinture en Italie*. Je ne puis donner une idée plus juste du charme qu'of-

frait alors, à un homme d'esprit, la société de Milan, qu'en em-
pruntant à M. de Latour ce passage de son excellente notice sur
Silvio Pellico.

« La maison du comte Porro était, à Milan, le rendez-vous de
« tous les étrangers de distinction, dans cette Italie que traversent
« incessamment les plus hautes intelligences de l'Europe. Là, ap-
« paraissaient tour à tour à l'auteur (1) de *Françoise de Rimini*,
« Byron, madame de Staël, Dawis, Schlegel, Brougham, l'indus-
« trielle Angleterre et la rêveuse Allemagne. Là, s'entretenaient
« de leurs communes espérances beaucoup d'Italiens de renom.
« C'était le célèbre Confalonieri, un des hommes les plus remar-
« quables de notre temps, par ses talents politiques et par son
« grand caractère ; c'était Lodovico de Brême, poëte et prosateur
« à la fois ; c'était don Petro Borsieri de Faënza, critique ingé-
« nieux et poëte remarquable, avec bien d'autres encore. »

Tout enfin souriait à Beyle ; car il ne songeait guère à l'avenir,
et le présent était sans nuage. Un jour, cependant, arriva où des
peines de cœur assez vives lui firent éprouver le besoin d'une
secousse ; il vint à Paris en juin 1817, et profita du voisinage de
l'Angleterre, pour y faire une excursion pendant le mois d'août.
Ce petit voyage ne fut qu'une courte apparition à Londres. Avant
la fin de l'année, Beyle reprit la route de Milan, et y séjourna de
nouveau jusqu'en 1821.

Il a toujours adoré l'imprévu, ne pouvant se plier à aucune
gêne imposée par un devoir quelconque, et se trouvant en insurrection permanente contre toute obligation à l'accomplissement
de laquelle n'était attaché aucun plaisir. Céder toujours à l'impression du moment, aurait été son unique règle de conduite, si d'im-
périeuses convenances n'eussent, parfois, élevé des barrières,
devant lesquelles il lui semblait impossible de ne pas s'arrêter. Il
aimait singulièrement aussi à défigurer son nom, en y retranchant,
ou ajoutant quelques lettres ; c'était également un plaisir charmant pour lui, de s'attribuer un titre ou une profession supposés.
Une fois entré dans cette voie, il en usait de même à l'égard de
sa famille. Obligé de donner son adresse au tailleur ou au bottier,
ce n'était qu'exceptionnellement qu'il leur livrait son nom ; cela
donnait lieu souvent à des quiproquo où sa gaieté trouvait un ali-

---

(1) Pellico fonda en 1818, et fut le principal rédacteur du *Conciliatore*, journal
romantique, source de ses malheurs.

ment. Ainsi, on le demandait tour à tour sous les noms de : Bel,
Bell, Beil, Lebel, etc. Quant à son état, c'était au caprice du moment qu'était réservé le soin de le baptiser : à Milan, il se donnait
pour officier supérieur de dragons, licencié en 1814, et fils d'un
général d'artillerie. Tous ces petits contes n'étaient que plaisants;
jamais il n'en retira d'autre avantage qu'un peu d'amusement
pour lui.

Sa vie s'écoulait fort paisiblement à Milan, entre l'étude, des
affections de cœur, et ce *dolce far niente*, qui occupe une si grande
place dans les habitudes des gens riches de la Lombardie, lorsque
en avril 1821, la police autrichienne le supposa, très-gratuitement,
affilié à la secte des *Carbonari*. Elle le pria poliment de s'éloigner
des États de S. M. I. et R. En pareil cas, il ne s'agit pas de discuter, de tenter une justification ; il faut obéir. Vingt-quatre heures
après cet avis bienveillant (car on pouvait l'envoyer sans façon
au Spielberg), il prenait la route de France ; mais le désespoir
dans l'âme, car il laissait à Milan tout ce qui, pour lui en ce moment, constituait le bonheur.

En rentrant à Paris, Beyle s'y trouva singulièrement isolé. La
société dans laquelle il avait vécu au temps de l'empire était dis-
persée, n'existait même plus ; les proscriptions l'avaient détruite,
et plusieurs des hauts fonctionnaires de Napoléon s'étaient dégra-
dés par une longue série de bassesses. Beyle n'avait donc aucune
ressource de ce côté ; et cependant il éprouvait vivement le besoin de voir le monde, et le monde à la fois élégant et instruit.

L'*Histoire de la peinture en Italie*, publiée en 1817, mais encore
peu connue, lui ouvrit le salon de Paris, le plus riche de tous les
avantages qu'il recherchait particulièrement. Un exemplaire de
cette *Histoire* fut, comme il le disait plaisamment, jeté à la porte
de M. le comte de Tracy (1), dont le livre sur l'*Idéologie* faisait
depuis plusieurs années l'admiration presque exclusive de Beyle.
M. de Tracy, homme aussi poli et bon qu'il était savant, se fit in-
diquer le logement de l'auteur de l'*Histoire de la peinture*, et lui
fit une visite. Beyle la rendit exactement, comme on peut le
croire, et reçut l'invitation de venir passer la soirée chez M. de
Tracy, le jour où son salon était ouvert. Il y fut d'une assiduité
fort méritoire, à raison de son inconstance. C'est au sein de cette
haute faculté où la bonne compagnie, par excellence, disposait

(1) Mort à Paris le 9 mars 1836.

des réputations et les faisait accepter au public, que Beyle prit ses *grades*, comme on pourrait dire. Chez M. de Tracy il rencontrait habituellement le général Lafayette, le comte de Ségur l'ancien ambassadeur auprès de Catherine, Benjamin Constant, et une foule d'autres notabilités, parmi lesquelles on pouvait distinguer des femmes du premier mérite.

De 1821 à 1830, Beyle résida à Paris, tout en faisant assez fréquemment de petites excursions en France, en Italie, en Angleterre. Il vit Londres pour la seconde fois dans l'automne de 1821 ; son séjour ne s'y prolongea pas au delà de trois semaines. Le but principal de ce voyage était d'y chercher quelque distraction à un chagrin profond ; mais ce fut en vain, car Beyle écrivait, deux ans plus tard, que cet effort pour oublier avait été sans résultat.

L'aspect brumeux de la Tamise, malgré ses innombrables voiles et son immense mouvement industriel, ne lui plurent guère; tout lui parut bien prosaïque dans le séjour de ces marchands affairés, et au milieu d'une nation pour laquelle un mouvement de répulsion s'élève à la fois de tous les points de l'univers. Cependant certains rapprochements que Beyle put faire alors entre la situation politique de la France et celle de l'Angleterre, ainsi qu'entre le jeu de leurs institutions gouvernementales, donnèrent quelque avantage à celle-ci dans son esprit. Par la suite, ses idées à cet égard se modifièrent, et son estime ne s'adressa plus qu'aux hommes de talent que l'Angleterre a produits. Une de ses maximes favorites était que : « Les Anglais ne sont impolis que « par grossièreté. »

Des relations de société s'établirent, pendant l'automne de 1816, entre Beyle et lord Byron ; elles prirent naissance dans la loge de M. Lodovico de Brême, au théâtre de la Scala à Milan. Des rapports d'âge, plus encore que de caractère, les rapprochèrent ; car il existait entre leurs goûts et leurs penchants de notables différences. Beyle éprouvait le besoin impérieux de se produire dans le monde. Lord Byron, au contraire, naturellement mélancolique, souvent misanthrope, fuyait toute réunion et recherchait la solitude (1). Les usages, les mœurs, la combinaison des lois civiles

______

(1) Ce qui ne l'empêchait pas d'entrer dans une grande colère lorsqu'il se voyait comparé à J.-J. Rousseau : probablement parce que la qualité de gentilhomme avait manqué au philosophe.

avec les règles imposées par la religion, tout lui semblait absurde dans l'organisation des sociétés européennes. Sa vie, si courte fut un effort continuel pour s'affranchir des entraves qu'il voyait partout opposées à nos penchants et aux droits que nous tenons de la nature. L'Angleterre, aux yeux de Byron, ne valait pas mieux que le reste ; il professait même pour elle un profond éloignement. Une atmosphère chargée de brouillards et un feu de charbon de terre endormaient son génie ; il lui fallait un soleil ardent et la vue d'un ciel bleu pour donner essor à ses facultés. Aussi quitta-t-il sa patrie à vingt ans pour n'y revenir qu'un moment, et aller mourir en Grèce à l'âge de trente-six ans.

Beyle partageait un peu cet esprit de révolte contre la civilisation moderne ; ce fut-là probablement le secret lien des rapports qui existèrent entre lui et Byron. Quoi qu'il en soit, ces deux hautes intelligences se recherchèrent, se plurent ; mais voilà tout ; car, on le comprend, il ne pouvait exister entre eux d'étroite sympathie. Cependant tout indique que l'un et l'autre trouvèrent du plaisir à se rencontrer, à se lier par un commerce d'idées ; tous deux conservèrent un souvenir agréable de ces rapports momentanés. Beyle a toujours défendu avec chaleur les écrits et la personne de Byron ; celui-ci, de son côté, estimait justement l'originalité piquante, l'excellent ton de critique, le caractère honorable de Beyle. On en trouvera le témoignage dans la lettre, reproduite un peu plus loin, que lui écrivit ce grand poëte, le 29 mai 1823, onze mois avant sa mort.

Beyle n'avait point partagé l'engouement excessif des Parisiens pour Walter Scott. Il lui reconnaissait le talent de décrire merveilleusement les habits de ses personnages, le paysage au milieu duquel ils se trouvent, les formes de leurs visages ; mais il lui refusait l'art si difficile, si rare, de peindre les passions et les divers sentiments qui agitent l'âme ; en un mot, de pénétrer profondément dans les interstices du cœur humain. Beyle ne croyait pas que la réputation de Walter Scott pût se soutenir longtemps au point où la mode l'avait portée ; il pensait que le mérite historique, par lequel se distinguaient surtout ses romans, ne les recommanderait point à la postérité. Sa prédiction s'est en partie réalisée, et, avant sa mort, Beyle a déjà pu s'apercevoir que ce mérite avait perdu de son éclat ; en un mot, qu'il s'était un peu fané. Son opinion, sur la nature du talent de Walter Scott, était très-arrêtée ; on la retrouve souvent dans ses écrits. Ce n'est cependant que

d'une manière allusive que sa brochure de *Racine et Shakspeare*
la reproduit. Toutefois, Byron crut y entrevoir une attaque contre
le caractère de Walter Scott, et il la repoussa avec une générosité qui ne peut que l'honorer.

Chose singulière, le pamphlet de *Racine et Shakspeare* contient des expressions peu flatteuses sur des ouvrages de lord Byron, et dont il pouvait à juste titre se trouver blessé. Eh bien,
pas un mot à ce sujet dans sa lettre à Beyle ; il se borne à défendre son rival avec chaleur, mais sans s'écarter un instant d'une
urbanité amicale.

Voici cette lettre, dont l'original fait partie des papiers laissés
par mon ami :

Gênes, le 29 mai 1825.

« Monsieur,

« A présent que je sais à qui je dois la mention flatteuse de
mon nom dans *Rome, Naples et Florence, en 1817*, par *M. de
Stendhal*, il est juste que j'offre mes remercîments (agréables ou
non, et pour ce qu'ils valent) à M. Beyle, avec qui j'eus l'honneur
de faire connaissance à Milan, en 1816. Vous m'avez fait trop
d'honneur par ce qu'il vous a plu de dire dans cet ouvrage ;
mais ce qui m'a causé autant de plaisir que les louanges mêmes
que vous me donnez, c'est d'apprendre enfin (par hasard) que
j'en suis redevable à quelqu'un dont j'étais réellement ambitieux
d'obtenir l'estime. Tant de changements ont eu lieu depuis cette
époque dans le cercle de Milan, que j'ose à peine en rappeler le
souvenir... La mort, l'exil et les prisons autrichiennes ont séparé ceux que nous aimions... Le pauvre Pellico ! J'espère que
dans sa solitude cruelle, sa Muse le console quelquefois... pour
nous charmer encore un jour quand son poëte sera rendu avec
elle à la liberté.

« De vos ouvrages, je n'ai vu que *Rome*, les *Vies de Mozart et
d'Haydn*, et la brochure sur *Racine et Shakspeare*. Je n'ai pas
eu encore la bonne fortune de trouver votre *Histoire de la
peinture*.

« Il y a dans votre *brochure* une partie de vos observations sur lesquelles je me permettrai quelques remarques : c'est au sujet de Walter Scott. Vous dites que *son caractère est peu digne d'enthousiasme*,
en même temps que vous mentionnez ses ouvrages comme ils méritent de l'être. Je connais depuis longtemps Walter Scott ; je le

connais beaucoup, et je l'ai vu dans des circonstances qui mettent
en évidence le *vrai caractère* de l'homme. Je puis donc vous cer-
tifier que son caractère est digne d'admiration, que de tous les
hommes il est le plus *franc*, le plus *honorable*, le plus *aimable*.
Quant à ses opinions politiques, je n'ai rien à en dire : comme
elles diffèrent des miennes, il est difficile pour moi d'en parler ;
mais il est *parfaitement sincère* dans ses opinions, et la sincérité
peut être humble, mais elle ne saurait être servile. Je vous prie
donc de corriger ou d'adoucir ce passage. Vous pourriez attribuer
peut-être ce zèle officieux de ma part à une fausse affectation de
candeur, parce que je suis auteur moi-même ; attribuez-le au
motif que vous voudrez, mais *croyez la vérité* : je dis que
Walter Scott est aussi *excellent homme* qu'un homme peut l'être,
parce que je le sais par expérience.

« Si vous m'accordez l'honneur d'une réponse, veuillez bien
me l'adresser au plus tôt, parce qu'il est possible (quoique non
décidé jusqu'à présent) que les circonstances me conduisent
encore une fois en Grèce. Mon adresse, pour le moment, est à
Gênes, et, si j'étais absent, on me la ferait parvenir partout où je
serais.

« Je vous prie de me croire, avec un souvenir très-vif de
notre courte connaissance et l'espoir de la renouveler un jour,

« Votre très-obligé et obéissant serviteur,

« *Signé* Noël BYRON.

« *P. S.* Je ne m'excuse pas de vous avoir écrit en anglais, parce
que je sais que vous connaissez parfaitement cette langue. »

Malgré le ton à la fois suppliant et poli de cette lettre, Beyle ne
modifia en rien son opinion sur l'excessive servilité de Walter
Scott ; il ne répondit même pas à lord Byron ; car, ayant trouvé,
à tort ou à raison, une nuance d'hypocrisie dans sa lettre, il préféra garder le silence plutôt que de s'exposer à dire une chose
désagréable à un homme qu'il aimait et estimait.

Pendant les dix années de 1821 à 1830, Beyle fut tout à fait
homme du monde et écrivain. Il fréquenta habituellement les
cercles où se rencontraient les notabilités dans la politique, dans
les lettres, dans les arts, et où se montraient les femmes que des
avantages extérieurs ou ceux de l'intelligence recommandaient à
l'attention. C'est de cette époque que date, à Paris, sa réputation

d'homme d'esprit et de conteur agréable. La société écoutait avec
plaisir, avec un intérêt soutenu, cette multitude d'anecdotes que
sa vaste mémoire et sa vive imagination produisaient sous une
forme gracieuse, coloriée, originale. On reconnaissait dans le
narrateur l'homme qui avait beaucoup étudié, beaucoup vu et
finement observé.

A travers les profondes altérations subies par la vie de salon,
depuis 1780, il rappelait un peu l'attention sur le goût régnant
alors chez les gens en possession de le diriger ; il parvenait à
rendre la conversation générale ; chose difficile et presque inu-
sitée de nos jours, où lorsque trois personnes sont réunies, il y a
déjà deux conversations qui vont ensemble, sans aucun rapport ;
de nos jours, dont les routs ressemblent à des lieux ouverts à
tout venant, et où il se consomme à peu près autant d'esprit qu'à
un bal costumé, composé de gens qui se voient pour la première
fois. Beyle devait à son amabilité de triompher souvent de tous
les dissolvants qui tendent à briser la société française.

Avec les succès de salon marchaient parallèlement les travaux
littéraires. Il imprimait des livres, donnait des articles aux journaux, aux *revues* françaises et anglaises, toujours pseudonymes
ou anonymes ; mais auxquels les lecteurs dont il ambitionnait
plus particulièrement le suffrage mettaient tout de suite le nom
de l'auteur.

Beyle parlait souvent avec dédain et dérision de sa ville natale ;
mais, par une de ces bizarreries qui lui étaient particulières, le
besoin de revoir les belles et gracieuses montagnes du Dauphiné
se faisait sentir à lui tous les deux ou trois ans ; c'était chaque fois
l'objet d'une courte apparition à Grenoble. Pendant l'une d'elles,
en octobre 1824, il rôdait autour de l'ancienne propriété de son
père à Claix ; on vendangeait ; il voulut goûter du raisin qu'il
avait savouré autrefois. Mais grand fut son embarras pour satisfaire cet ardent désir ; car il fallait avant tout garder le plus strict
incognito. Bref, après une multitude de petites hésitations, il
acheta quelques grappes de raisin du métayer, assez étonné de
l'empressement et de la contenance mal assurée avec lesquels
l'inconnu lui adressait une demande inaccoutumée dans le pays.
Beyle me redisait avec un plaisir charmant la sensation délicieuse
que lui procura ce raisin mangé sur les lieux mêmes où les plus
doux moments de son enfance s'étaient écoulés.

Il concourut à l'élection de l'abbé Grégoire, lorsque le département de l'Isère l'envoya à la chambre des députés, en septembre 1819 ; son voyage à Grenoble n'avait pas eu d'autre but.

Doué d'une humeur habituellement gaie, Beyle était cependant sujet à des accès de misanthropie concentrée qui portaient son esprit vers les idées noires. L'année 1828 est probablement celle pendant laquelle les pensées tristes dominèrent le plus : il songea même au suicide. J'en ai trouvé la preuve dans quatre testaments écrits en parfaite santé, du 26 août au 4 décembre. Dans celui du 14 novembre, il me demandait pardon de l'embarras qu'il *va* me donner, et me supplie surtout de n'être pas triste à l'occasion d'un *événement inévitable*. Par celui du 4 décembre, il me priait de terminer les *Promenades dans Rome*, de les corriger même, et de surveiller l'impression déjà commencée.

Cette tristesse, ce dégoût de la vie n'étaient pas sans quelques motifs sérieux. Une portion essentielle de ses moyens d'existence consistait dans la rétribution d'articles littéraires, envoyés en Angleterre et insérés dans le *New Monthly Magazine* ; le célèbre libraire Colburn, qui dirigeait cette *revue*, avait d'immenses affaires et ne mettait pas toujours une grande exactitude dans l'envoi des fonds. Beyle en éprouvait une extrême contrariété, et fut souvent sur le point de rompre ses engagements avec lui. Cependant, comme la chose avait de l'importance, il patienta jusqu'au moment où Colburn cessa définitivement de payer. Ainsi les besoins se multipliaient chaque jour, et il était aisé d'entrevoir l'époque prochaine où les ressources ne seraient plus en rapport avec leurs exigences. Heureusement le cœur était alors très-occupé ; cette diversion le détourna insensiblement des projets sinistres qui l'obsédèrent pendant une partie de l'année 1828.

Beyle écrivait les *Promenades dans Rome*, lorsqu'on apprit à Paris que le pape Léon XII venait de mourir, le 10 février 1829. Cette nouvelle, tout à fait inattendue, mit en grand émoi la cour de Charles X. Chacun de s'enquérir du nom du cardinal que la France aurait intérêt à voir monter sur le trône de saint Pierre ; mais personne ne connaissait un peu particulièrement la composition du sacré collége. D'autre part, M. de Chateaubriand, alors ambassadeur à Rome, malgré la pureté de son dévouement et l'éclat de son nom, n'inspirait au roi et à ses courtisans qu'une confiance fort limitée. Cependant il fallait prendre promptement un parti ; comment faire ?

L'un des familiers de la cour, ancien ami de Beyle, lui de-

manda s'il pourrait donner tout de suite une statistique du sacré
collége, accompagnée de notices sur les cardinaux *papables ;* il
tailla sa plume, et résuma, en trois heures de travail, tout ce qu'il
importait de savoir sur les cardinaux influents, ou ayant chance
de ceindre la triple couronne. Il désigna, comme le candidat que
la France devait porter au pontificat, le cardinal de' Gregorio, longue et maigre éminence, avec laquelle le hasard me fit rencontrer, en 1828, dans une *Osteria de Velletri.* Ce prince de l'Église,
fils naturel de Charles III (Carlos Tercero), disait à tout bout de
champ : *Io sono Borbone.*

Charles X fut enchanté des notices de Beyle, et adopta tout de
suite le cardinal de' Gregorio. Restait à prendre les mesures pour
préparer son élection. La résolution suivante fut arrêtée pendant
trente-six heures.

1° M. A..., porteur du secret, et de un million donné par le roi
sur sa cassette, se rendrait à Rome pour un voyage d'agrément,
en traversant le Simplon ;

2° M. B..., le suivrait de près, passant le Mont-Cenis ;

3° M. C..., rejoindrait bientôt ces messieurs, en arrivant à Rome,
par Marseille, la Corniche, Gênes, etc.

Les préparatifs de départ étaient en bon train, lorsque de nouvelles réflexions firent avorter ce projet ; le château craignit de
blesser trop profondément M. de Chateaubriand, tout en n'attei-
gnant peut-être pas le but désiré. On chargea donc du *secret* notre
ambassadeur, à Rome ; il employa tous ses efforts à fixer le choix
du conclave sur le protégé de Beyle, le cardinal de' Gregorio ; et
ce prince de l'Église ne manqua la tiare que d'*une seule voix,* au
scrutin qui la donna au cardinal Castiglioni (Pie VIII).

Beyle, malgré toute la pénétration de son esprit, ne comprit
rien aux événements qui préludèrent à la révolution de 1830 ;
elle était accomplie, qu'il croyait encore à l'efficacité des moyens
mis à la disposition du duc de Raguse, pour réprimer le mouvement insurrectionnel. Ce défaut de clairvoyance pourra étonner ;
il le devait, en partie, à certaines relations de société, dont la
confiance dans la force du gouvernement de Charles X était entière, et aussi parce qu'il croyait que le peuple manquerait de
résolution et de persévérance. « Les Français ont donné leur dé-
« mission en 1814, » disait-il souvent.

Lorsque le doute ne lui fut plus permis sur les résultats de ce
grand mouvement, il fit afficher un petit placard revêtu de sa

signature, avec la qualité d'ancien auditeur au conseil d'État, et portant en substance : que le trône devait être offert « à M. le « duc d'Orléans, et après sa mort à son fils aîné, si la nation l'en « jugeait digne. » Cet écrit fut bientôt oublié au milieu des publications de toutes sortes qui se produisirent alors.

Il en fut de même d'une lettre qu'il adressa, je ne sais plus à quel journal, pour émettre son opinion à l'égard des nouvelles armoiries que la France devait adopter. Cette lettre me semble assez curieuse pour mériter d'être reproduite. La voici, avec la signature pseudonyme qu'il lui avait donnée.

Paris, le 29 octobre 1830.

« Monsieur,

« Des hommes graves cherchent des armes, ou plutôt des *ar-* « *moiries* pour la France. Toutes les bêtes sont prises. L'Espagne « a le lion ; l'aigle rappelle des souvenirs dangereux ; le coq de « nos basses-cours est bien commun, et ne pourra prêter aux « métaphores de la diplomatie. A vrai dire, il faut qu'une « telle chose soit *antique*. Or, comment bâtir une *vieille* maison ?

« Je propose pour armoiries à la France le chiffre 29. Cela est « original, vrai ; et la grande journée du 29 juillet a déjà ce vernis « d'héroïsme antique qui repousse la plaisanterie.

« OLAGNIER,
« *De Voiron (Isère).* »

N'ayant pris aucune part à la révolution, Beyle n'avait rien à attendre d'elle ; mais ses amis s'occupèrent de lui, et le 25 septembre 1830, il reçut le brevet de consul de France à Trieste. Le 6 novembre suivant, il quitta Paris et se rendit à son poste.

Trieste ne lui plut guère ; il le trouva triste et froid ; Venise n'étant qu'à trente-trois lieues, il y fit de fréquentes excursions, et se lia d'amitié avec le poëte Joseph Buratti, qu'il avait connu antérieurement. Après la mort de Buratti, arrivée à Venise en 1832, Beyle inséra dans le supplément du sixième volume de la biographie publiée par M. Furne, une notice sur cet écrivain. La lettre dont elle était accompagnée contenait des détails qu'on sera peut-être bien aise de trouver ici.

« Je me promenais avec Buratti presque tous les jours, de neuf heures à minuit, en décembre 1830 et mars 1831. Nous soupions ensemble, après minuit, de deux heures à trois heures et demie, dans le café de la place Saint-Marc, voisin du café Florian, du côté de la Piazzetta. Je l'aimais tendrement. C'était alors un joli garçon de quarante-cinq ans, toujours fort bien mis. La figure était charmante et fine, l'œil peu animé, excepté après avoir récité trois cents vers. Nous dînions chez madame la comtesse Polcastro ; ses vers nouveaux faisaient le charme des soirées de madame Polcastro. Le père de Buratti ne lui avait laissé qu'une bague de six cents francs, au lieu de quatre cent mille francs dont son patrimoine devait se composer. Je ne sais comment Buratti s'était fait dix à douze mille livres de rente. Il avait épousé sa servante, à cause de l'habitude, disait-il. Il eut vers 1820 le seul chagrin de sa vie : ce fut la perte d'un fils âgé de sept ans.

« Le marquis Marrucci, dont Buratti se moque dans l'*Eléfantéide*, a quatre-vingt mille livres de rente et jouit à Venise du plus grand crédit ; c'est un roué russe qui aurait bien pu faire noyer le poëte dans quelque canal. La satire de Buratti contre le consul de France M..... vaut mieux qu'aucune de celles de Boileau ; mais quinze cent mille personnes lisent le Vénitien, et dix millions de Français, plus cinq millions d'étrangers peuvent lire Boileau, ou du moins l'achètent.

« Le gouvernement autrichien détestait Buratti, mais n'osait pas l'exiler, car les formes de ce gouvernement établi par Marie-Thérèse et Joseph II ne le permettaient pas. Les codes exigent des actions pour condamner ; la police actuelle interprète les codes tant qu'elle peut, mais elle n'est pas encore arrivée à les changer. Buratti répétait souvent : *Je mourrai dans l'exil ; je serai obligé de me sauver.* »

Beyle ne fit pas un long séjour à Trieste ; M. de Metternich ayant ouï parler de certains passages mal sonnants pour l'Autriche, dans les ouvrages publiés par le nouveau consul, lui refusa l'*exequatur*. Force fut donc au ministre des affaires étrangères de lui assigner une autre résidence ; il nomma Beyle, consul à Civita-Vecchia, en avril 1831. On pouvait également redouter des difficultés de la part du gouvernement pontifical ; car il n'avait guère été plus ménagé dans les écrits de Beyle. Mais le pape n'en fit aucune ; il n'a pas d'armée à mettre en campagne, pour soutenir les répugnances que pourrait éprouver son *segretario di Stato*.

A peine installé à Civita-Vecchia, il s'aperçut que le séjour de cette petite ville lui serait insupportable. Une maladie assez grave, qu'il fit peu de temps après y être arrivé, ajouta encore au dégoût ressenti à la première vue. Loin des salons de Paris, privé d'une société d'élite où sa place était restée vide, il succombait habituellement sous le poids des plus monotones loisirs. Que devenir au milieu de bourgeois qui se couchent à dix heures du soir? La seule compensation qu'offrait cet exil, était d'aller souvent à Rome; d'y faire même d'assez longs séjours.

Vers le milieu du mois d'octobre 1832, Beyle, assis sur les marches de l'église de San-Pietro-in-Montorio, contemplait un magnifique coucher du soleil. Son âme, ravie des pompeux accidents produits par les rayons de l'astre à son déclin, jouissait délicieusement de l'imposant tableau qui allait disparaître dans les ténèbres. Plongé d'abord dans une mélancolie douce, son esprit prit insensiblement un caractère de tristesse, qui augmenta à mesure que les teintes de la lumière s'affaiblissaient. Au moment où la nuit succéda au crépuscule, Beyle, se repliant sur lui-même, portant sa pensée sur ses jeunes années surtout, s'avoua douloureusement que, dans trois mois, il aurait cinquante ans! Cette découverte l'affligea comme aurait pu le faire l'annonce inopinée d'un malheur irréparable. Son affaissement moral étant arrivé au plus haut période, l'idée d'écrire sa vie lui vint à l'esprit. Par malheur, ce projet n'eut d'autre résultat que quelques notes informes, écrites en caractères à peu près illisibles. On doit vivement regretter qu'il ne se soit pas peint sous l'empire, et qu'il ne nous ait pas laissé son opinion sur les nombreux et célèbres contemporains que ses relations l'avaient mis à même d'observer dans les grandes circonstances de leur vie. Quel dommage aussi qu'il n'ait pas laissé la relation de sa vie d'auteur, d'observateur, de voyageur, de 1814 à 1840!

J'ai déjà reproduit dans cette notice quelques pensées détachées tirées des papiers de Beyle; en voici d'autres qui ont la même origine, et qui me semblent mériter une place ici.

« Ma sensibilité est devenue trop vive; ce qui ne fait qu'effleurer les autres, me blesse jusqu'au sang. Tel j'étais en 1799, tel je suis encore en 1840. Mais j'ai appris à cacher tout cela sous de l'ironie imperceptible au vulgaire.

« Trois ou quatre fois la fortune a frappé à ma porte. En 1814, il ne tenait qu'à moi d'être nommé préfet au Mans, ou directeur général des subsistances (blé) de Paris, sous les ordres de M. le comte Beugnot; mais je m'effrayai du nombre de platitudes et de demi-bassesses, imposées journellement aux fonctionnaires publics de toutes les classes.

« A dix ans je fis, en grande cachette, une comédie en prose, ou plutôt un premier acte. Je travaillais peu, parce que j'attendais le moment du génie; c'est-à-dire, cet état d'exaltation qui, alors, me prenait peut-être deux fois par mois. Ce travail était un grand secret; mes compositions m'ont toujours inspiré la même pudeur que mes amours. Rien ne m'eût été plus pénible que d'en entendre parler. Ce fut, je crois, des œuvres de Florian que je tirai ma première comédie, intitulée *Pikla*.

« Nous passions les soirées d'été, de sept à neuf heures et demie, sur la terrasse de mon grand-père. Cette terrasse, formée par l'épaisseur d'un mur nommé *Sarazin*, mur qui avait quinze ou dix-huit pieds de largeur, avait une vue magnifique sur la montagne de Sassenage. Là, le soleil se couchait, en hiver, sur le rocher de Voreppe. Mon grand-père fit beaucoup de dépenses pour cette terrasse, qu'il fit garnir des deux côtés de caisses de châtaignier, dans lesquelles on cultivait un nombre infini de fleurs odorantes. Tout était joli et gracieux sur cette terrasse, théâtre de mes principaux plaisirs pendant dix ans (de 89 à 99).

« Je quittai l'*école centrale* après les examens de 1799. Alors, les aristocrates attendaient les Russes à Grenoble; ceux qui savaient leur Horace, disaient à demi-voix :

O rus, quando ego te aspiciam !

« Mon amour pour la musique a peut-être été ma passion la plus forte et la plus coûteuse; elle dure encore à cinquante-six ans et plus vive que jamais. Combien de lieues ne ferais-je pas à pied, et à combien de jours de prison ne me soumettrais-je pas, pour entendre *Don Juan* ou le *Matrimonio segreto*; et je ne sais pour quelle autre chose je ferais cet effort.

« Ce n'est qu'en arrivant à Paris en 1799, que je me suis douté qu'il y avait une autre prononciation que celle du Dauphiné. Dans la suite, j'ai pris des leçons du célèbre Larive et de Dugazon, pour chasser les derniers restes du parler *traînard* de mon pays. Il me reste l'accent ferme et passionné du Midi, qui décèle sur-le-champ la *force du sentiment*, la vigueur avec laquelle on aime, ou on hait; singulière partout, et *voisine du ridicule* à Paris.

« Quand je me mets à écrire, je ne songe plus à mon *beau idéal* littéraire; je suis assiégé par des idées que j'ai besoin de noter. Je suppose que M. V.... est assiégé par des formes de phrases ; et ce qu'on appelle un poëte, M. Delille, ou Racine, par des formes de vers. Corneille était agité par des formes de répliques. Comme mon idée de perfection a changé tous les six mois, il m'est impossible de noter ce qu'elle était vers 1795 ou 1796. — La seule chose que je voie clairement, c'est que depuis vingt ans mon idéal est de vivre à Paris, dans un quatrième étage, écrivant un drame ou un roman.

« A vrai dire, je ne suis rien moins que sûr d'avoir quelque talent, pour me faire lire ; je trouve quelquefois beaucoup de plaisir à écrire : voilà tout. — S'il y a un autre monde, je ne manquerai pas d'aller voir Montesquieu ; s'il me dit : « Mon pauvre ami, vous « n'avez pas eu de talent du tout, » j'en serai fâché, mais nullement surpris. Je sens cela souvent : quel œil peut se voir soi-même ? Il n'y a pas trois ans que j'ai trouvé ce *pourquoi*. Je vois clairement que beaucoup d'écrivains qui jouissent d'une grande renommée sont détestables ; ce qui serait un blasphème à dire aujourd'hui, sera une vérité incontestée en 1880. Mais sentir le défaut d'un autre est-ce avoir du talent ? Je vois les plus mauvais peintres voir très-bien les défauts les uns des autres : M. Ingres a toute raison contre M. Gros, et M. Gros contre M. Ingres. (Je choisis deux artistes dont on parlera peut-être encore en 1935.)

« Je devrais écrire ma vie ; je saurais peut-être, enfin, quand cela sera fini, dans deux ou trois ans, ce que j'ai été, gai ou triste, homme d'esprit ou sot, homme de courage ou peureux ; enfin, au total, heureux ou malheureux.

« J'aurais dû être tué dix fois, pour épigrammes ou mots piquants qu'on ne peut oublier ; et pourtant je n'ai reçu que trois blessures, dont deux sont peu graves, celles à la main et au pied gauches.

« Au fond, cher lecteur, je ne sais pas ce que je suis ; bon, méchant, spirituel, sot. Ce que je sais parfaitement, ce sont les choses qui me font peine ou plaisir, que je désire ou que je hais.

« Un salon de provinciaux enrichis et qui étalent du luxe est ma bête noire, par exemple. Ensuite, vient un salon de marquis et de grands cordons de la Légion d'honneur, qui étalent de la morale. Pour moi, quand je vois un homme se pavanant dans un salon (comme M. le comte, de fraîche date, de S....., par exemple), avec plusieurs ordres à la boutonnière, je suppute involontairement le nombre infini de bassesses, de platitudes, et souvent de noires trahisons, qu'il a dû accumuler pour en avoir reçu tant de certificats.

« Un salon de huit ou dix personnes aimables, où la conversation est gaie, anecdotique, et où l'on prend du punch léger à minuit et demi, est l'endroit du monde où je me trouve le mieux. Là, dans mon centre, j'aime infiniment mieux entendre parler un autre que de parler moi-même. Volontiers, je tombe dans le silence du *bonheur*, et, si je parle, ce n'est que pour *payer mon billet d'entrée.*

« La seule chose que je regrette (en mars 1856), c'est le séjour de Paris; mais je serais bientôt las de Paris, comme je suis las de ma solitude de Civita-Vecchia. »

Cette dernière réflexion, tant soit peu chagrine, donne la mesure de l'instabilité qu'il y avait dans son esprit.

Beyle était sujet aux atteintes de l'ennui, cette abominable maladie, le fléau des femmes à Paris. Lorsqu'il en éprouvait des accès, ses forces morales subissaient une prostration complète. Cependant, il avait à sa disposition la recette infaillible pour échapper à l'ennui : l'exercice du corps, celui des idées, l'occupation du cœur. Pour lui, le mouvement de l'esprit, les objets nouveaux qui l'entretiennent, la distraction, enfin, étaient une condition nécessaire du talent, de la gaieté, du bonheur, de la santé même. La scène variée du monde mettait en jeu ses pensées et ravivait son imagination; dans une retraite prolongée, au contraire, ses facultés le dévoraient.

Au printemps de 1833, Beyle vint à Paris; le congé de six mois que lui avait accordé le ministre étant expiré, il reprit tristement la route de Civita-Vecchia.

Indépendamment du peu de ressources de société que Beyle y trouvait, sa santé s'accommodait mal du climat : il avait régulièrement la fièvre pendant trois mois de l'année. En juillet 1835, il demanda d'échanger ce consulat contre un de ceux en Espagne, afin d'échapper à l'action malfaisante de l'*aria cattiva* qui règne, une partie de la belle saison, sur cette portion du littoral de la Méditerranée. Le ministre refusa, ou n'eut peut-être pas la possibilité de satisfaire à ce vœu.

Ses seuls moments agréables, dans sa triste résidence, étaient ceux où le bateau à vapeur, par un heureux hasard, déposait sur le rivage, parmi la cohue des touristes européens, quelque homme d'esprit de Paris. Mais on ne s'arrête guère à Civita-Vecchia :

c'est uniquement un point de passage, d'où l'on fuit à tire-d'aile.
Beyle mettait à profit ces rares accidents de sa vie monotone ; il
s'informait, à la hâte, de tout ce que l'on disait, de tout ce que
l'on écrivait à Paris ; soupirant sans cesse après cet Eldorado,
dont le charme s'évanouissait régulièrement pour lui, après deux
mois de séjour consécutif.

J'ai trouvé dans une composition de Beyle, restée inachevée,
son portrait fait par lui-même sous le nom de Roizard. Bien qu'un
peu idéalisé, plusieurs parties de cette composition m'ont paru
d'une grande vérité. Voici ce portrait, sans le moindre changement, et tel qu'il l'a tracé d'un premier jet.

« Du caractère, en apparence, le plus changeant ; un mot, quelquefois, l'attendrissait jusqu'aux larmes ; d'autres fois, ironique,
dur, par crainte d'être attendri et de se mépriser ensuite comme
faible. C'était un homme assez grand, de plus de quarante ans. Ses
traits étaient grands, point beaux, mais extrêmement mobiles. Ses
yeux exprimaient les moindres nuances de ses émotions. Et c'est
ce qui mettait son orgueil au désespoir. Lorsqu'il craignait ce malheur, il était brillant, amusant, rempli des saillies les plus impré-
vues ; il électrisait ses auditeurs, et rendait le bâillement impossible
dans le salon où il se trouvait. Dans ces moments, il inspirait les
aversions les plus vives, ou des transports d'admiration. Il est
impossible de se montrer plus brillant et plus homme d'esprit,
disaient ses admirateurs. Mais la vivacité et l'imprévu de ses
saillies effrayaient les gens médiocres, et lui valaient bien des ennemis. Lorsqu'il n'avait pas d'émotion, il était sans esprit. D'ailleurs, il n'avait pas de mémoire, ou dédaignait de l'appeler à son
secours. Sa parole, alors, était aussi discrète que l'expression de
sa physionomie l'était peu. Son orgueil aurait été au désespoir de
laisser deviner ses sentiments.

« Un mot touchant, une expression vraie du malheur, entendue
dans la rue, surprise en passant près d'une boutique d'artisan,
l'attendrissait jusqu'aux larmes. Mais, s'il y avait la moindre
pompe (*sostenutezza*), la moindre possibilité d'affectation dans l'expression d'une douleur, quelque légitime qu'en fût le motif, alors
il n'y avait plus que l'ironie la plus piquante dans les regards et
dans les mots de Roizard. Jamais rien de sérieux, jamais rien de
pompeux, de triste même, dans sa conversation. Il ne parlait jamais de ce qui, seul, avait droit à son intérêt : un sentiment vrai,
ou l'héroïsme se sacrifiant pour la patrie !

« Dès l'âge de seize ans, cet être, ainsi fait, avait été placé dans la sphère d'activité de Napoléon ; il l'avait suivi à Moscou et ailleurs. Pendant qu'il courait les champs, mangeant son bien à la suite du grand homme, son père se ruinait. Ruiné lui-même personnellement en 1814, par la chute de Napoléon, il avait voyagé et vécu en Italie. A la révolution de 1830, Roizard, qui avait vingt ans de service, était rentré dans la carrière des écritures officielles, dans le but unique d'arriver à une pension de retraite, pour laquelle il fallait trente ans de service.

« Il arrivait à Rome sans ambition ; uniquement pour passer dix années sans trop d'ennui ; et ensuite retourner achever sa vie à Paris, ou ailleurs, dans une situation un peu au-dessus de la pauvreté. »

On connaît la faiblesse de Canova ! Obsédé d'entendre constamment l'éloge de ses immortels ouvrages, de la part de tout ce qui sent les arts dans le monde, il abandonna un jour le ciseau pour prendre le pinceau. Ses tableaux n'obtinrent aucun succès : ce fut pour lui un amer chagrin. Talma recevait avec une faveur particulière les suffrages qui lui étaient adressés au sujet de ses rôles dans la comédie. Beyle a eu dans sa vie une faiblesse de même nature. Après avoir lancé tant d'épigrammes contre les *gens à cordons*, lui-même reçut la croix de la Légion d'honneur, en 1835, pour ses travaux comme *homme de lettres*, et sur la proposition du ministre de l'instruction publique. Chacun put croire qu'il avait été servi selon son goût : tout le monde se trompait ; c'est comme administrateur, comme consul, que Beyle aurait voulu recevoir cette distinction, et il fut profondément blessé de ne la devoir qu'au titre d'écrivain. Ceci pourra paraître incroyable aux personnes qui l'ont entendu si souvent mettre les travaux de l'esprit au-dessus de ceux du bon sens et de la froide raison.

Cette singulière disposition à la bizarrerie, que l'on remarquait chez Beyle, il n'hésitait pas à en faire l'aveu, lorsque quelque circonstance particulière le portait à considérer cet acte de sincérité comme un devoir. Pour preuve, je citerai les phrases suivantes, tirées d'une lettre qu'il écrivait le 25 février 1836, à l'un de ses amis à Paris.

« Vous avez cent mille fois raison ; je m'étonne encore que l'on ne m'ait pas étranglé. Je m'étonne, mais sérieusement, d'avoir un ami qui veuille bien me souffrir. Je suis dominé par une furie ; quand elle souffle, je me précipiterais dans un gouffre avec plaisir, avec délices, il faut le dire. Et, cependant, avant-hier, j'ai eu cinquante trois ans et un mois !

« Ne me répondez pas, car cela vous fatigue ; mais laissez-moi vous écrire, cela m'adoucit l'âme.

« Je le sens vivement ; l'étonnant, c'est qu'on me souffre. Quel malheur d'être différent des autres ! Ou je suis muet et commun, même sans grâce aucune, ou je me laisse aller au diable qui m'inspire et me porte.

« A force de tâter mon ennui dans tous les sens, j'ai découvert le *comment* de ma douleur. Le matin, quand ce n'est pas jour de courrier, ou quand il n'y a rien à faire, je travaille ferme de midi à cinq ou six heures. Mais le soir j'ai besoin d'être distrait *complétement* de mes idées du matin ; si j'y pense le soir, le lendemain, quand je veux me remettre au travail, je suis dégoûté de mes idées ; alors je flâne avec les ennuyés et m'ennuie encore plus qu'eux.

. . . . . « Mais à cinquante-six ans, je rentre à Paris, dans une chambre au cinquième étage, donnant au midi, dussé-je y faire des souliers ; sans la crainte de vous déplaire, ce serait déjà fait. Dans les accès d'ennui noir, quand par ennui, enfermé chez moi à six heures du soir, mon dîner me fait mal, j'ai été jusqu'à discuter le projet de me brouiller avec vous et Colomb, en rentrant à Paris, pour ne pas essuyer vos justes reproches ; mais cela m'a fait horreur ! »

Il y a là un abandon, une candeur, qui désarment ; il ne peut plus y avoir de blâme pour celui qui se juge avec une telle sévérité.

A la faveur d'un nouveau congé, Beyle arriva à Paris le 24 mai 1836, et y séjourna jusque vers la fin de juin 1839. Il reprit pendant ces trois années ses anciennes habitudes, écrivant des romans et des nouvelles, prenant ses repas au *Café anglais*, se montrant, de neuf heures à minuit, dans les salons en vogue, soit par l'esprit qu'on prêtait aux maîtres de la maison, soit par leurs titres ou par leur réputation dans le monde élégant. Cependant, comme à la longue ces plaisirs pouvaient offrir quelque monotonie, Beyle quittait Paris pour quinze jours, six semaines, trois mois même, et faisait des excursions en France, en Espagne, en Écosse, en Irlande, s'apercevant souvent, un peu tard, du vide de sa bourse, déjà allégée de la moitié de son traitement, par suite du congé.

Beyle songea souvent à se marier ; chaque fois qu'il voyait un ménage heureux ou supposé tel, l'idée lui venait de prendre femme. Ces accès, dont la fréquence diminuait avec la marche des années, duraient ordinairement vingt-quatre heures, deux jours au plus. Pendant ce temps, il interrogeait minutieusement ses amis sur tout ce qui pouvait se rapporter aux formalités à remplir, aux cérémonies civiles et religieuses, aux cadeaux indispensables, aux dépenses qu'entraînait la tenue d'une maison, etc. Une fois ses notes réunies, il entrevoyait les impossibilités, rentrait dans ses habitudes et ne pensait plus au mariage pendant deux ou trois ans. C'était, on peut le supposer, ce qu'il avait de mieux à faire ; car, d'après ce qui précède, le lecteur a pu s'apercevoir que Beyle ne convenait guère à la vie de ménage.

Ce serait laisser une lacune dans la biographie de Beyle que de ne rien dire de son physique, ainsi que de petits travers qui en faisaient encore ressortir les imperfections. Le lecteur s'intéresse davantage aux gens qu'il connaît de vue, soit par les traits de leur visage, soit par la pose habituelle de leur individu. Toute histoire d'un homme, ayant fixé l'attention du public, contient des détails sur ses qualités extérieures ; détails dont nous sommes tous curieux, tant il est de notre nature d'y attacher du prix. Dans le monde, aucune célébrité ne commence à percer qu'on ne s'informe de ce qu'est physiquement celui qui vient demander place dans l'opinion publique.

Je vais donc essayer de donner une idée de la personne de Beyle ; on pourra penser que, sous le rapport de l'aspect extérieur, elle se rapprochait des frontières du grotesque, si même elle ne les franchissait pas quelquefois.

Il était d'une taille moyenne, et chargé d'un embonpoint qui s'était beaucoup accru avec l'âge ; ses formes athlétiques rappelaient un peu celles de l'*Hercule Farnèse*. Il avait le front beau, l'œil vif et perçant, la bouche sardonique, le teint coloré, beaucoup de physionomie, le col court, les épaules larges et légèrement arrondies, le ventre développé et proéminent, les jambes courtes, la démarche assurée. Ce que Beyle avait de mieux, c'était la main, et pour attirer l'attention sur elle, il tenait ses ongles démesurément longs. En 1834, M. Jalley, faisant à Rome la statue de Mirabeau, obtint de Beyle la permission de dessiner sa main, pour la donner au prince des orateurs, ce qui le flatta singulièrement. Le Mirabeau de M. Jalley figura à l'exposition au Louvre en 1835. Je crois que le sculpteur, tout en copiant la main, ne négligea pas de prendre quelques-unes des lignes de l'abdomen de son modèle.

Cet ensemble physique, on le voit, laissait beaucoup à désirer, sous le rapport de la beauté et de l'élégance. Malgré les illusions que l'amour-propre et des succès de salon peuvent enfanter, Beyle ne se dissimulait pas absolument ses désavantages. Mais il se consolait en pensant que les qualités de l'âme, l'esprit, le naturel, font disparaître la laideur, quand elle est sans difformité.

Ayant conservé fort tard la prétention à passer pour homme à bonnes fortunes, prétention qui, il faut le reconnaître, n'était pas dénuée de fondement, Beyle professait une soumission absolue aux lois de la *mode*. Si différent des autres, en toute chose, il se rapprochait du vulgaire sur un point : la *mode*. Personne ne suivait plus aveuglément les mille caprices de cette sotte déité parisienne. Il mettait donc à contribution toutes les ressources de l'art, pour corriger ou dissimuler les torts de la nature envers lui, commes les traces de la marche du temps. Ainsi, à cinquante-neuf ans, Beyle se coiffait comme un jeune homme. Sa tête, faiblement garnie de cheveux, au moyen d'un fort toupet d'emprunt offrait l'aspect d'une chevelure à peu près irréprochable. De gros favoris, prolongés en un large collier de barbe passant sous le menton, encadraient la face. Est-il besoin d'ajouter que les cheveux et la barbe étaient soigneusement teints en brun foncé. Puis, le cigare à la bouche, le chapeau légèrement sur l'oreille et la canne à la main, il se mêlait aux *beaux* du boulevard des Italiens. Sa susceptibilité pour tout ce qui composait sa toilette était extrême; une observation, quelque légère qu'elle fût, sur la coupe d'un habit ou d'un pantalon, pouvait le choquer sérieusement, car elle lui apparaissait comme une sorte d'épigramme à l'adresse de son physique : c'était chez lui une fibre délicate.

Lors de son dernier voyage à Londres, en 1838, Beyle fut présenté à l'*Athenæum*, par son ancien ami M. Sutton-Sharp, l'un des avocats les plus distingués de l'Angleterre. L'*Athenæum* est le club des hommes de lettres. Là, Beyle eut occasion de rencontrer Théodore Hook et d'entrer en relations avec ce bel esprit, renommé dans les trois royaumes, pour ses romans, ses vaudevilles, ses chansons, ses calembours. Hook, ancien rédacteur en chef du *New Monthly Magazine*, où Beyle avait inséré, dix ans auparavant, un assez grand nombre d'articles, dut faire bon accueil à son brillant confrère. Tout porte donc à croire que ces deux hommes, entre lesquels on pourrait trouver plus d'un point de ressemblance, se convinrent réciproquement et que leurs relations furent agréables à tous deux.

Hook passait pour l'homme le plus aimable que l'on pût avoir dans un salon; il improvisait en prose et même en vers avec une incroyable facilité; personne ne disposait une mystification aussi bien que lui; auteur et acteur de société, il était l'âme de toutes les réunions qui pouvaient le posséder; les châteaux se le disputaient dans la saison de *villegiatura*. Cette vie de plaisirs ruina sa santé, et l'obligea souvent à contracter des dettes qui, toutes, ne furent pas acquittées.

Le 14 juillet 1841, cinq semaines avant sa mort, Hook, passant devant une glace de salon, dit assez haut pour être entendu :

« J'ai vraiment l'air de ce que je suis, un homme épuisé de bourse, d'esprit et de corps. »

Quinze jours plus tard, il tenait ce langage au chapelain appelé par lui :

« Je me montre à vous tel que peu de gens m'ont vu; je crois qu'il faut dire adieu pour toujours aux corsets bouclés, aux vêtements remplis d'ouate, aux lavages, aux brossages de toute espèce; reste un pauvre vieillard à cheveux gris, dont le ventre tombe sur ses genoux. »

Hook était né à Londres le 22 septembre 1788; pendant les dernières années de sa vie, il s'efforçait de déguiser, par mille artifices, les progrès de l'âge et du mal.

Avec toutes les allures de la vivacité dans la pensée et de la promptitude dans les actions, Beyle poussait souvent la paresse jusqu'à l'apathie; entre autres exemples que je pourrais citer, en voici un qui me semble caractéristique.

Dans le courant du mois de janvier 1839, pendant qu'on imprimait simultanément *la Chartreuse de Parme* et *l'Abbesse de Castro*, il éprouva une attaque de goutte et de rhumatisme, assez forte pour l'obliger à garder la chambre pendant huit jours; son travail de composition et de correction n'en fut nullement suspendu pour cela; seulement, il égara un cahier de soixante pages manuscrites de *la Chartreuse de Parme*. N'ayant pu les retrouver au milieu des monceaux de papier qui encombraient sa chambre, Beyle refit ces soixante pages. Elles étaient déjà imprimées lorsqu'il me raconta sa mésaventure ; je me mis à la recherche du manuscrit égaré, et l'aperçus bientôt sous un gros tas d'épreuves, de brochures, etc. Stupéfait de ma facile trouvaille, redoutant, en quelque sorte, la vue de ce manuscrit, il ne voulut pas jeter les yeux dessus, encore moins le comparer avec les pages par lesquelles il l'avait remplacé.

Le 7 mars 1839, M. le comte Molé ayant résigné la présidence du conseil et le portefeuille des affaires étrangères, Beyle jugea bien qu'il lui fallait retourner à Civita-Vecchia. Toutefois, cette résolution ne fut pas prise de gaieté de cœur. Le dernier hiver avait assez maltraité sa santé, en rappelant d'anciennes et douloureuses affections, auxquelles venaient de se joindre des palpitations de cœur. Son esprit s'affligea de ses souffrances physiques, surtout comme symptômes de vieillesse ; car personne ne la redoutait davantage, et ne prenait plus de soins pour en éloigner jusqu'aux apparences. Et puis, il fallait de nouveau abandonner les habitudes et l'existence qui, seules, avaient du charme pour lui. A cinquante-six ans, la vie errante ne convient plus guère ; il est triste de n'avoir aucun indice sur le lieu où l'on se reposera pour toujours des agitations de la vie ; Beyle ne disait pas ces choses, mais il les pensait tout comme un autre.

Enfin, les affaires et les devoirs de société ayant à peu près reçu satisfaction, il partit de Paris le 24 juin 1839. Une fois arrivé à son poste, il y reprit sa vie habituelle, résidant moitié à Rome, moitié à Civita-Vecchia, employant une partie de son temps à corriger d'anciens manuscrits ou à écrire de nouvelles compositions.

Dès le mois de décembre 1840, la santé de Beyle éprouva de graves altérations ; ce fut d'abord la goutte qui l'obligea de suivre un régime et de garder souvent la chambre. Puis vinrent de fortes migraines qui affectèrent gravement le système cérébral, et produisirent des accidents assez bizarres. Par moments, il lui était de toute impossibilité de se rappeler les mots dont l'usage est le plus habituel. D'autres fois, la langue se refusait à faire son office. Ces fâcheux symptômes, dont la nature sembla, d'abord, assez difficile à déterminer, devinrent insensiblement apoplectiques.

Beyle ne s'abusa point sur la gravité de son état ; mais il résolut de me le cacher soigneusement, et de ne point me mettre dans la confidence de ses inquiétudes. Il pensa qu'une amitié telle que la nôtre comportait des ménagements. Aussi, tout en rendant compte fort exactement des phases de sa maladie à l'un de nos amis, il lui recommandait toujours expressément de ne pas me laisser entrevoir le moindre danger.

Malgré la fatigue extrême que Beyle éprouvait pour écrire, il la surmontait de temps en temps, et je recevais de petits billets où, pour tout renseignement sur sa santé, il me parlait de migraines *ennuyeuses.*

En mars 1841, le goût de la chasse lui revint ; il allait sur le bord de la mer attendre les cailles qui, à cette époque de l'année, arrivent de l'Afrique par troupes nombreuses. Cet exercice lui plut jusqu'à la passion ; et on peut supposer que la fatigue et l'action du soleil de l'Italie n'ont pas peu contribué à développer les germes de la maladie qui l'a conduit au tombeau.

L'état de sa santé le porta à demander un congé pour aller consulter à Genève M. le docteur Prévost ; puis il prit la route de Paris, et y arriva le 8 novembre 1841. Je m'aperçus douloureusement des traces que la maladie avait laissées, et j'eus bien de la peine à lui cacher la triste impression que j'en éprouvai. Le physique et le moral me parurent singulièrement affaissés ; sa parole si vive était maintenant traînante, embarrassée ; le caractère s'était sensiblement modifié, ramolli, pour ainsi dire ; sa conversation plus lente offrait moins d'aspérités, de sujets à contradiction ; il comprenait mieux les petits devoirs qu'entraînent les relations de société, et s'en acquittait plus exactement ; tout en lui avait un caractère plus communicatif, plus affectueux ; enfin, les changements accomplis tournaient au profit de la sociabilité.

Peut-être aussi le pressentiment de sa fin prochaine exerçait-il quelque secrète influence. A quoi bon des discussions irritantes lorsque l'avenir nous semble si limité ? C'est ainsi que souvent, sans faiblesse de caractère, sans aucune déviation dans les opinions, on ne prend pas la peine de les défendre. Les petits intérêts de la vie semblent au-dessous d'une controverse, pouvant blesser des sentiments auxquels on attache du prix.

Beyle reprit à Paris ses anciennes habitudes, observant plus ou moins exactement le régime qui lui était prescrit. Tout allait assez bien, lorsque, contrairement à la défense formelle de son médecin, il s'occupa de compositions littéraires ; huit jours de dictées et de corrections déterminèrent une attaque d'apoplexie ; il en fut frappé, le mardi 22 mars 1842, à sept heures du soir, à deux pas du boulevard, sur le trottoir de la rue Neuve-des-Capucines, à la porte même du ministère des affaires étrangères.

Par suite d'indices dus au hasard, vingt minutes après l'événement j'étais auprès de mon malheureux ami ; je le trouvai sans connaissance dans une boutique, vis-à-vis le lieu où il était tombé ; je ne pus obtenir de lui ni une parole, ni le moindre signe ; on le transporta à son logement, rue Neuve-des-Petits-Champs. Là, toutes les ressources de l'art furent épuisées sans succès, et il y rendit le dernier soupir, le mercredi 23 mars 1842, à deux heures du matin, sans souffrance aucune, sans avoir prononcé un seul mot, et à l'âge de cinquante-neuf ans un mois vingt-huit jours.

On connaît maintenant l'homme supérieur qui a été une énigme vivante pour la plupart de ses contemporains. Quelques remarques générales compléteront ce que j'avais à en dire.

L'amitié a ses droits et ses devoirs, les uns et les autres s'exercent ou s'accomplissent, au gré des circonstances qui leur donnent l'occasion de se produire. Beyle en a plus particulièrement connu les droits, non certainement qu'il fût dépourvu d'obligeance ; mais son imagination vive, passionnée, n'avait guère à s'occuper des égards, des soins, des prévenances que l'amitié impose journellement, sans qu'aucun des deux intéressés songe à se prévaloir de ses avances. Beyle n'a rendu que peu de services relativement au nombre de ceux qu'il a reçus. Ceci a moins tenu à un mauvais vouloir qu'à une fâcheuse disposition de son esprit, dont l'extrême mobilité ne lui permettait pas toujours de suivre ses bons penchants. Au moment de faire une démarche utile à un ami, si un plaisir s'offrait, il oubliait l'ami et courait au plaisir. La nature ne lui avait pas départi ce sentiment divin qui remplissait le cœur de Montaigne pour La Boétie ; elle lui avait refusé le bonheur de connaître :

« Cette amitié qui possède l'âme, et la régente en toute souve-
« raineté ! »

Ainsi que J.-J. Rousseau, Beyle se croyait beaucoup d'ennemis et se préoccupait trop habituellement de ce qu'ils pouvaient tenter pour lui nuire. Avec cette triste monomanie, et aussi d'après quelques passages de ses écrits, on aurait pu le supposer méchant, vindicatif : personne au monde ne l'a jamais été moins que lui ; il était incapable de haine. Le plaisir de dire un bon mot pouvait l'égarer au point de blesser profondément son meilleur ami ; mais

il n'y avait là aucune préméditation, aucune intention mauvaise ;
c'était tout simplement l'effet d'un système nerveux très-irritable
et d'un sang prompt à s'enflammer. Au rebours de beaucoup
d'hypocrites méchants, Beyle, qui ne l'a pas été un seul instant
dans sa vie, ne négligeait rien pour s'en donner la réputation. Sa
manie des sobriquets tendait encore à accréditer cette opinion
défavorable ; personne ne pouvait se flatter de n'avoir pas le sien.
Par exemple, il avait donné celui de Thomas *Roide*, à son ami
le philosophe Théodore Jouffroy, traducteur des ouvrages de
l'Écossais Reid.

Un besoin habituel de plaisir et de connaissances nouvelles l'a
mis quelquefois en relation avec des gens d'une morale fort relâ-
chée ; mais leur fréquentation n'avait jamais altéré en lui les
principes et l'instinct de l'honneur le plus susceptible. Il portait,
au contraire, une probité et une délicatesse extrêmes dans les
affaires d'argent, et dans tout ce qui touche aux rapports intimes.

On lui a reproché d'être trop absolu, trop entier dans ses idées.
Beyle n'avait pas, il faut en convenir, cette souplesse d'opinion,
cet entraînement moutonnier qui fait que beaucoup de gens,
quelle que soit d'ailleurs la nature des événements, se trouvent
toujours au milieu des masses. Il avait, au contraire, le courage
de soutenir ses idées, de les défendre envers et contre tous, malgré la défaveur dont elles pouvaient être frappées par la multitude. Cela n'était point chez lui le résultat d'un vain orgueil,
mais bien celui d'une conviction réelle, à tort ou à raison.

Malgré de petits défauts de caractère, peu d'hommes ont eu
plus d'amis dévoués que Beyle ; car, bien que ses sentiments
eussent quelquefois une teinte légère de bizarrerie, son affection
n'en était pas moins pleine d'attrait. La nouvelle de sa mort at-
trista la société de Paris, où son esprit avait reçu l'espèce de con-
sécration tant désirée, et qu'elle n'accorde qu'à un si petit nombre. Cette affliction du monde élégant n'avait rien que de fort
naturel. Dans les réunions, où toute tradition des salons de mes-
dame Geoffrin, du Deffand et de mademoiselle de Lespinasse
n'était pas entièrement perdue, Beyle rappelait, par sa piquante
causerie, heureux mélange de causticité et d'ingénuité, des mouvements du cœur et de l'imagination, les meilleurs temps de la
conversation entre gens d'esprit. Ce mérite est assez rare de nos
jours, pour qu'on accorde un souvenir, pour qu'on regrette sin-
cèrement celui qui le possédait à si haut degré.

Beyle m'avait chargé par son testament de donner quelques volumes à ses amis ; j'ai satisfait le mieux qu'il m'a été possible à ce devoir. Des lettres m'ont été écrites, à cette occasion, par des personnes très-haut placées dans la société et parmi les gens d'esprit. Les sentiments qu'elles expriment honorent beaucoup la mémoire de Beyle, et justifient pleinement ce que j'ai pu dire d'élogieux touchant son cœur et son caractère. Je regrette que l'impérieuse loi des convenances m'interdise de reproduire ici ces témoignages d'affection et d'estime donnés à mon ami.

Selon les intentions manifestées dans le testament de Beyle, son corps a été inhumé au cimetière Montmartre (du Nord), dans un terrain acquis à perpétuité. Le petit monument funéraire que je lui ai fait élever, *rond-point de la Croix*, quatrième ligne, numéro 11, porte l'inscription suivante, composée par lui-même :

ARRIGO BEYLE,

MILANESE

SCRISSE

AMÒ

VISSE

ANN. LIX. M. II.

MORÌ IL XXIII MARZO,

M. D. CCC. XLII.

DEUXIÈME PARTIE.

COMPOSITIONS LITTÉRAIRES.

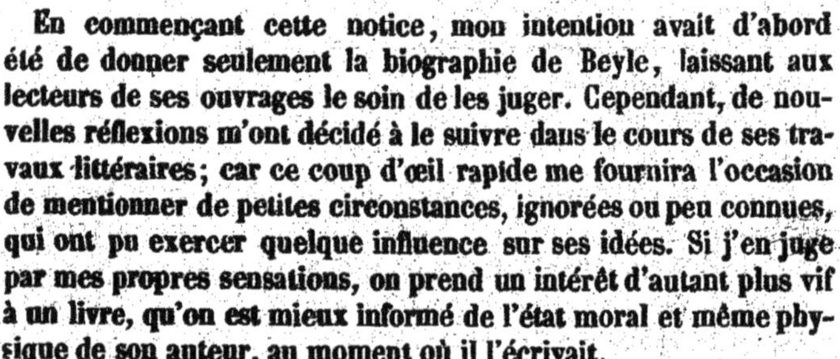

En commençant cette notice, mon intention avait d'abord été de donner seulement la biographie de Beyle, laissant aux lecteurs de ses ouvrages le soin de les juger. Cependant, de nouvelles réflexions m'ont décidé à le suivre dans le cours de ses travaux littéraires; car ce coup d'œil rapide me fournira l'occasion de mentionner de petites circonstances, ignorées ou peu connues, qui ont pu exercer quelque influence sur ses idées. Si j'en juge par mes propres sensations, on prend un intérêt d'autant plus vif à un livre, qu'on est mieux informé de l'état moral et même physique de son auteur, au moment où il l'écrivait.

Sans trop m'attacher à juger en lui l'écrivain, je considérerai plutôt les ouvrages de Beyle comme des faits de son histoire, ou comme le dépôt de ses pensées; le point de vue littéraire n'étant peut-être ni le plus important à son égard, ni celui qu'il m'appartient le mieux de choisir. Je ne me préoccuperai nullement de ce qui a pu être dit avant moi; et je tâcherai de me garantir de toute impression étrangère. Ce qui me paraît hors de doute, c'est que chaque ouvrage de Beyle a généralement été un sujet d'éloges passionnés et de critiques amères : aucun, que je sache, n'a été équitablement apprécié.

Il y a souvent dans ses idées, on ne peut en disconvenir, tant de bizarrerie et de hardiesse; sa manière a quelque chose de si heurté, de si dédaigneux, qu'il est difficile de le lire sans être séduit ou rebuté. Mais ce qui n'a dû échapper à personne, c'est l'abondance de pensées brillantes, d'observations fines, d'aperçus heureux, qui se font jour, à travers l'incohérence assez habituelle de sa riche imagination. On n'est pas accoutumé à voir tant d'idées réunies en si petit espace; leur succession est trop rapide, trop continue, pour le mouvement moyen des esprits; il y a là un foyer de chaleur et de lumière, dont souvent les rayons vous éblouissent au lieu de vous éclairer. Un mérite particulier aux ouvrages de Beyle, c'est de donner un grand élan à la pensée; cette surexcitation n'est pas toujours, il est vrai, une jouissance; mais certainement aucun lecteur ne saurait s'y soustraire.

L'examen auquel je me suis livré m'a donné lieu de reconnaître que la marche du talent de Beyle avait été, sinon toujours ascendante, au moins à l'abri des influences que l'âge exerce souvent sur nos facultés. En effet, l'*Histoire de la peinture en Italie* marque son début dans la carrière des lettres, et *la Chartreuse de Parme* est son dernier écrit. Or, quelles que soient les différences notables qui distinguent ces compositions, on ne peut méconnaître la supériorité de l'une et de l'autre, sous le rapport de la force des pensées, de la vigueur de l'expression et de la vérité des images.

C'est aussi une remarque à faire, que la gloire littéraire n'a point été un premier but dans sa vie; ses livres sont le résultat naturel de l'exubérance d'idées qui se pressaient dans sa tête, et qui ne pouvaient être enchaînées et pleinement développées qu'en les fixant sur le papier.

Comme tous les esprits avancés, Beyle émettait quelquefois des opinions dont la physionomie semblait tout d'abord fort étrange. Mais, en les jugeant avec calme et sans précipitation, on reconnaissait ordinairement qu'elles n'avaient d'autre tort que celui de se produire pour la première fois. Il n'ignorait point l'importance de ce désavantage. Aussi, retrouve-t-on souvent dans ses écrits des locutions de ce genre :

« En 1860, en 1900, tout le monde pensera avec moi, etc. »

Quelle que soit la diversité des jugements portés sur les ouvrages de Beyle, tout lecteur impartial le considérera certainement comme l'un des principaux écrivains d'une littérature nouvelle.

Lettres écrites de Vienne, en Autriche, sur Haydn, suivies d'une Vie de Mozart et de Considérations sur Métastase et l'État présent de la Musique en Italie, par Alexandre-César Bombet. — Paris, 1814. 1 vol.

Vies de Haydn, de Mozart et de Métastase. — Paris, 1817. 1 vol.

Plusieurs personnes ont pensé que ces deux titres répondaient à deux ouvrages distincts ; elles étaient dans l'erreur ; c'est absolument le même. On n'a eu que la peine de changer le titre et d'ajouter, en 1817, une préface à celle fort courte de 1814.

Il est triste, en commençant la revue des ouvrages d'un écrivain dont on a été l'ami particulier, de se trouver dans l'obligation d'avouer qu'il s'est rendu coupable d'une sorte de plagiat. Ce livre se compose de quatre parties : les *Lettres sur Haydn*, la *Vie de Mozart*, les *Lettres sur Métastase* et la *Lettre sur l'État de la Musique en Italie*.

Les *Lettres sur Haydn* ne sont pas, comme on l'a dit, une simple traduction littérale de l'*Haydine* de Joseph Carpani. Sans doute tout ce qui concerne la biographie et les anecdotes relatives à Haydn a pu être emprunté à Carpani ; mais il est juste de reconnaître que Beyle, en traduisant, a incorporé habilement ses pensées et ses opinions musicales parmi celles de l'auteur, tout en faisant prédominer les siennes propres. Voilà toute la part de composition lui appartenant, et elle était trop faible pour autoriser Beyle à se présenter comme auteur de la *Vie de Haydn*. Mais, après la lecture, on n'a plus le courage de lui reprocher d'en avoir agi de la sorte ; car, sans sa petite hâblerie, beaucoup de personnes auraient toujours ignoré la partie la plus intéressante de la biographie de Haydn.

Quant à la *Vie de Mozart*, Beyle ne l'a jamais donnée que comme une traduction de l'ouvrage allemand de M. Schlichtegroll. A la vérité, ce nom inconnu pourrait bien n'avoir jamais existé. Dans ce cas, Beyle serait l'auteur de la *Vie de Mozart*. En tout état de cause, on juge bien qu'il ne s'est pas borné à une traduction littérale ; la sienne, au contraire, serait libre, très-libre, tout imprégnée de ses opinions, présentées avec simplicité et abandon, comme dans un début littéraire. Il lui aura peut-être semblé piquant de se donner pour l'auteur d'un ouvrage qu'il n'avait pas fait, tandis que par forme de compensation il se présentait comme simple traducteur d'une composition lui appartenant en propre.

Les *Lettres sur Métastase* et sur l'*État de la Musique en Italie* sont bien de lui : on ne saurait en douter.

Carpani, lors de l'apparition du livre (1814), cria *au voleur !* et de manière à être entendu. Comme on le voit, il avait quelque raison de se plaindre.

Au total, ce volume contient un bon résumé de l'histoire de la

musique ; le style en est, à la fois, simple et gracieux ; rien de
tourmenté dans l'allure des phrases ; les faits se présentent et s'en-
chaînent naturellement. On trouve là réunies des notions fort in-
téressantes sur la vie et le talent de trois hommes éminents. En
voilà plus qu'il n'en faut pour pardonner une sorte de supercherie
dont, en définitive, le public a profité.

La dédicace d'un livre se trouve ordinairement au commencement ; Beyle a caché la sienne, qui est fort jolie, à la fin du
volume.

Histoire de la Peinture en Italie, par M. B. A. A. — Paris, 1817.
2 vol.

Par suite du charlatanisme intronisé vers 1820, lors de la publication du *Solitaire*, il est difficile aujourd'hui de juger, sur le
titre d'un ouvrage, quelle est l'édition que l'on a sous les yeux.
L'éditeur, pour *pousser à la vente*, réimprime, de temps en temps,
la page de titre ; puis, annonce une nouvelle édition, portant un
numéro qui peut s'élever jusqu'à huit ou dix, en une année. Pas
d'autre changement ; si ce n'est, cependant, quelquefois l'in-
tercalation de cartons dissimulés. On a usé de ce procédé fort
simple pour l'*Histoire de la Peinture en Italie*. Imprimée en 1817,
on l'a annoncée en 1824 et en 1831 comme de nouvelles éditions :
elles ne différaient nullement de celle de 1817 ; car les cartons que
l'on peut y remarquer existaient déjà dans cette dernière.

Cet ouvrage, on doit le reconnaître, pouvait, avec plus de vérité, porter le titre d'anecdotes sur Léonard de Vinci et Michel-
Ange, que celui d'histoire de la peinture, en général. Riche de
faits intéressants sur ces deux grands hommes, l'auteur ne s'occupe guère que d'eux seuls.

D'après l'ordre chronologique des publications de Beyle, celle-
ci serait la seconde. Mais si on considère les *Vies de Haydn, Mozart et Métastase*, comme étant plutôt une traduction qu'une
composition, nous aurions, dans l'*Histoire de la Peinture*, sa première œuvre vraiment originale. Beyle disait l'avoir recopiée dix-
sept fois, et l'a toujours considérée comme son principal titre littéraire : le public a généralement ratifié cette opinion. Malheu-
reusement, au milieu de charmantes pages, on rencontre nombre
de phrases énigmatiques dont le sens est souvent insaisissable.

Serait-ce que l'auteur ait, avec intention, supprimé des pensées intermédiaires, pour laisser au lecteur le soin de les y rétablir lui-même? On serait vraiment tenté de le croire.

A propos de beaux-arts, Beyle prend dans ce livre une couleur politique assez prononcée : la forme républicaine a ses préférences. L'*introduction*, surtout, très-intéressant tableau de l'Italie aux quinzième et seizième siècles, est assez fortement imprégnée de ce sentiment, dont de nombreuses traces se laissent apercevoir dans le cours de l'ouvrage. On doit considérer cet aveu comme un épisode du combat intérieur qu'il a eu à soutenir toute sa vie. Aristocrate dans ses habitudes, il était démocrate d'instinct. De là cette lutte continuelle entre ses goûts et ses affections, entre ce qui lui plaisait et ce qu'il aimait. Ceci pourra donner la clef de tant de pensées contradictoires répandues dans ses divers écrits.

On ne saurait voir qu'une affectation puérile dans la multiplicité des chapitres dont se compose l'*Histoire de la Peinture* : quelques-uns ont quatre lignes; d'autres, deux seulement. Lorsque Beyle travaillait à cet ouvrage, Montesquieu était particulièrement l'objet de son admiration, et il a partagé le travers qu'a montré ce grand écrivain dans la coupure des chapitres de son *Esprit des Lois.*

Les doctrines artistiques innovées ou invoquées dans l'*Histoire de la Peinture* ont donné lieu à de sévères critiques; beaucoup de ces doctrines ont été condamnées par les hommes spéciaux; cette manière d'envisager le *beau* a semblé une sorte de romantisme appliqué aux arts.

En présence des chefs-d'œuvre qu'il fait passer sous vos yeux, l'auteur donne un utile enseignement aux gens du monde : il leur apprend plutôt l'art d'en jouir que celui de les imiter. Joignez à ce point de vue, tout à fait nouveau, des théories hardies, parfois téméraires, mais originales, présentées en un style dont la séduction serait plus puissante encore s'il ne laissait jamais rien à désirer sous le rapport de la clarté.

Dans l'histoire de l'école de Florence, traitée d'une manière complète, Beyle a inséré la vie de Michel-Ange, excellent morceau, plein de jolis détails. On peut donner les mêmes éloges à son travail sur Léonard de Vinci.

L'*Histoire de la Peinture*, de Beyle, n'a, du reste, aucune ressemblance avec celle de l'abbé Lanzi, soit dans le fond, soit dans la forme; ce sont deux compositions complétement différentes. On peut remarquer, au surplus, que ces deux volumes ne sont que le commencement de l'ouvrage. Ce qu'il y a d'étonnant, c'est que Beyle, depuis la publication de ce livre, ne s'en soit plus occupé, bien qu'à ses yeux il eût de la valeur.

Après ce que j'avais à dire sur l'*Histoire de la Peinture*, je me fais un devoir de rapporter ici l'opinion de M. Camille Ugoni, insérée dans le 3ᵉ volume, page 409, de son ouvrage *sur la Littérature italienne dans la seconde moitié du dix-huitième siècle*, publié en 1825 :

« Nous sommes heureux de voir un étranger raisonner sur l'état de la peinture en Italie avec cette étendue de conception et cette supériorité de vues qui cherche l'origine des effets particls dans les causes générales ; avec cette fière indépendance de sentiment qui fait naître au fond des cœurs de nouvelles sensations ; avec cette finesse d'observation qui nous apprend mieux à jouir des beautés les moins sensibles d'un art bienfaisant, d'un art qui procure de faciles plaisirs dans les jours prospères, et qui, dans l'adversité, sert de refuge aux cœurs malheureux. La lecture d'un pareil livre nous fait parcourir toutes les régions du beau. L'auteur sait mêler habilement à l'histoire de l'art tous les traits caractéristiques de celle des mœurs. En touchant rapidement aux grands événements d'une même époque, il leur donne la vie ; il captive l'attention des artistes et des connaisseurs ; il leur enseigne l'étude du tempérament et du cœur de l'homme ; et comme il est de l'essence des esprits élevés d'étudier l'art dans la nature entière, il montre souvent de secrètes analogies entre les choses les plus diverses et les objets les plus disparates. Cet ouvrage enfin, écrit avec une sorte de concision imposante, renferme, malgré la bizarrerie du discours et le défaut apparent de liaison, des vérités du premier ordre, et décèle un ardent ami de la nature, des hommes et du beau. »

Tel a été le jugement porté sur l'*Histoire de la Peinture*, dans un ouvrage qui a eu le plus grand succès en Italie.

Rome, Naples et Florence en 1817. 1 vol.

Rome, Naples et Florence, 3ᵉ édit.; 1826. 2 vol.

Un jeune officier de cavalerie, *qui a cessé d'être Français en 1814,* est entré au service de Prusse ; il obtient un congé pour visiter l'Italie, et part de Berlin le 4 octobre 1816 ; son voyage finit le 28 juillet 1817. Je ne saurais dire si cette publication a précédé ou suivi celle de l'*Histoire de la Peinture en Italie* ; je serais, cependant, porté à croire qu'elle lui est postérieure : toutes deux ont paru en 1817.

Pendant ce séjour de neuf mois en Italie, le voyageur, dont le coup d'œil est vif et exercé, pouvait aisément nous en donner une description plus étendue ; mais tel n'était pas son plan. La musique occupait dès lors le premier rang dans ses affections ; elle a la place d'honneur ; et, sauf de rares observations sur les monuments des arts, et un petit nombre de tableaux de mœurs, elle remplit à peu près tout le livre. Des formes tranchantes, du décousu, une absence complète de méthode, font souvent que ce volume ressemble trop à une collection de notes piquantes. L'ouvrage, malgré ses défauts, n'en est pas moins d'une lecture fort attachante, et peut être considéré comme une sorte d'*avant-propos* des autres publications de l'auteur sur l'Italie.

Par suite de cette sorte de faiblesse que l'on a pu remarquer chaque fois que Beyle touche à la politique, il a prodigué dans *Rome, Naples et Florence*, de grands éloges au gouvernement de Louis XVIII : ce sont, tout simplement, des *passe-ports* ; on ne doit y voir que la crainte du procureur du roi, et nullement sa pensée sur la *restauration*.

Ce n'est pas, non plus, sans en être affecté péniblement, qu'on voit un fonctionnaire de l'empire déblatérer contre Napoléon. Beyle lui gardait-il rancune de quelque offense ou passe-droit ? Ou bien, ne s'agirait-il point, plutôt ici, d'une forme ironique, empruntée aux ennemis de l'empereur, pour en retourner l'effet contre eux-mêmes ? C'est mon opinion.

L'adoption du nom de *Stendhal* date de cette publication ; l'auteur s'étant fait gentilhomme, il devait en emprunter le langage. De là, ces expressions trop prodiguées : *Ma calèche, mes chevaux, mon cocher, mon ami le prince ou le duc un tel*, etc.

En 1826, *Rome, Naples et Florence*, reparurent en deux volumes. Le titre portait, troisième édition : je crois que la seconde avait été publiée à Londres. Ainsi que dans l'édition de 1817, Beyle a conservé à celle-ci la forme de *journal* ; c'est la plus commode, car elle n'impose aucune gêne, et le changement de date donne une certaine vivacité à la narration. Le début, dans les deux éditions, a beaucoup de ressemblance. Mais, en 1826, l'auteur a amplifié et ajouté plusieurs anecdotes. Un assez grand nombre de pages de ces deux volumes offrent des mots et même des lignes en blanc : le libraire, craignant de se compromettre avec les gens du roi, exigea beaucoup de suppressions : elles donnèrent lieu à une multitude de cartons.

Somme toute, l'édition de 1817 me plaît plus que celle de 1826 : c'est une sorte de *primo grido* sur l'Italie, dont la hardiesse, la grâce et la concision font partager au lecteur les neuves sensations du voyageur. Nulle part le moral italien n'a été peint avec autant de vérité. L'auteur, amené à comparer l'état de la société italienne avec celui de la société à Paris, en tire de curieuses déductions, il montre à l'égard de l'une et de l'autre, une science d'observation et une justesse de coup d'œil, qui n'appartiennent qu'aux esprits élevés.

De l'Amour. — Paris, 1822. 2 vol.

Beyle nous dit lui-même :

« Ce n'est point un roman que j'ai entendu faire. »

En effet, les préceptes, les exemples, les anecdotes, répandus dans ce livre, ne constituent pas plus un roman qu'un ouvrage didactique ; bien, cependant, que l'auteur, de même que les physiologistes, envisage trop souvent l'amour comme une des fonctions de notre organisation. C'est une collection de faits et de raisonnements, à l'appui de ses théories sur la passion qui, à tout prendre, donne la plus haute idée du bonheur, et dispose l'âme le plus noblement.

L'esprit un peu paradoxal de Beyle ne lui a pas fait défaut dans un sujet qui prête autant à la controverse. Toutefois, on rencontre peut-être moins de pensées excentriques dans le livre de l'*Amour*, que dans ses autres ouvrages. Ici, au moins, ce qu'il pourrait y avoir d'étrange dans le langage, est racheté par de curieuses études, sur cet entraînement mi-sensuel, mi-intellectuel, auquel l'univers est soumis. L'auteur, on s'en aperçoit aisément, a longtemps habité le pays, a vécu dans l'intimité de gens dont l'amour est la principale, à peu près l'unique affaire. Pour apprécier la fidélité de ses tableaux, il suffira au lecteur (s'il a passé quarante ans), de se reporter, par un petit retour sur lui-même, vers l'époque de sa vie, où tout venait se confondre chez lui dans un sentiment unique ; où le sacrifice de tous les autres intérêts, dévenait une suprême félicité, pourvu qu'il pût en faire hommage à l'objet de son affection.

Le traité de l'*Amour* fut écrit sous l'impression d'un désespoir, ou peut-être seulement d'un dépit amoureux, et afin de tuer le chagrin. Beyle quitta Milan au printemps de 1821, et mit en ordre, à Paris, les éléments de son livre. Au moment de l'imprimer, un scrupule se glissa dans son esprit et bouleversa toutes ses idées : il se figura que chacun mettrait leur nom à côté de ses personnages ; les livrer à la publicité, était une trahison. Dès lors, n'écoutant plus que les conseils de sa probité, il retrancha tout ce qui pouvait ressembler à un abus de confiance, sans se préoccuper des chances de succès que ce sacrifice pourrait lui enlever.

Parmi nombre de sentences et de définitions, plus ou moins remarquables, je citerai celle-ci, comme l'une des plus jolies :

« La beauté est une promesse de bonheur. »

Somme toute, le livre eut bien de la peine à percer ; un mois après sa mise en vente, le libraire disait à Beyle :

« On peut dire que l'ouvrage est sacré, car personne n'y touche. »

Vie de Rossini (1). — Paris, 1824. 2 vol.

Beyle a écrit la *Vie de Rossini* dans une chambre de l'*Hôtel des Lillois*, rue Richelieu, n° 63. Madame Pasta, alors à l'apogée de son magnifique talent, occupait le premier étage de la même maison ; elle y recevait tous les soirs, de onze heures à deux heures, une société d'élite ; beaucoup d'Italiens faisaient partie de ces réunions, auxquelles Beyle manquait rarement. Là, soit par conviction, soit par courtoisie pour la maîtresse de la maison, personne n'aurait osé élever la voix en faveur de la musique française ; on s'abstenait d'en parler. Vivant habituellement au milieu de cette atmosphère, regrettant profondément la société de Milan, dont on l'avait *prié* de s'éloigner deux années auparavant, il n'est pas étonnant que Beyle, dans la *Vie de Rossini*, montre tant de dédain pour la musique française.

Ce livre nous donne l'histoire de la vie, ainsi que celle du talent de ce grand compositeur ; mentionnant les succès nombreux et les chutes rares qui l'ont accompagné dans sa glorieuse carrière. Profondément initié à la connaissance de tout ce qui se rapporte

---

(1) Rossini est arrivé à Paris, pour la première fois, le lundi 1er novembre 1824, c'est-à-dire après la publication de cet ouvrage.

à l'art musical, l'auteur en présente un tableau plein d'intérêt, et nous fait connaître l'état de la musique, en Italie, au moment du début de Rossini. Dans un curieux chapitre, il donne tous les détails de l'organisation d'une troupe d'acteurs, de la mise en scène, etc. : tout le monde ne sait pas de quelle dose de capacité un *impresario* doit être doué, pour mener à bien son entreprise.

L'ouvrage, écrit avec soin, plut beaucoup à la bonne compagnie de Paris, fort engouée alors de Rossini. De jolies anecdotes contemporaines, placées avec goût, font une agréable diversion au sujet principal. Il en est de même de petites biographies de chanteurs et de cantatrices, dont les noms arrivent tout naturellement avec l'analyse des opéras de Rossini. Souvent, aussi, le récit s'anime de petits faits se rapportant aux représentations de ces opéras. En un mot, tout dénote que l'écrivain avait goût à sa besogne. Cela se conçoit ; Beyle devait trouver infiniment de plaisir à retracer la vie aventureuse d'un génie fécond et original comme Rossini. N'y aurait-il point, d'ailleurs, quelques analogies à saisir dans le caractère de ces deux hommes? Quant à moi, je vois chez l'un comme chez l'autre un penchant bien décidé à l'insouciance, au culte du plaisir, à une certaine bizarrerie, assaisonné d'esprit vif et fin.

Beyle prit dès ce moment, dans les salons, le rang distingué qu'il y a toujours occupé depuis.

La *Vie de Rossini* finit d'une manière originale ; le dernier chapitre porte ce titre :

« Apologie de ce que mes amis appellent mes exagérations, mes « enthousiasmes, mes contradictions, mes disparates, mes, etc. »

Suit la charmante lettre de mademoiselle de Lespinasse, datée du 31 janvier 1775, époque des grandes querelles musicales à Paris, et adressée, comme toutes celles que nous connaissons de cet auteur, à M. de Guibert. Cette lettre résume admirablement, il faut en convenir, la plupart des opinions de Beyle en matière de musique, de sensations de l'âme, d'appréciations artistiques, etc. Il a trouvé piquant de placer en regard de ses pensées, celles de mademoiselle de Lespinasse. C'était une heureuse idée, en effet, pour lui, que de se mettre ainsi sous le patronage de la femme célèbre dont les malheurs et la fin prématurée excitèrent un si universel intérêt, lors de sa mort (en 1776).

Racine et Shakspeare. — Paris, 1823-1825. 2 brochures.

Ce petit ouvrage se compose de deux brochures publiées en 1823 et 1825. L'apparition de la première, ayant fait quelque sensation, par la nouveauté des doctrines littéraires qui y étaient exposées avec esprit et talent, l'Académie française s'en émut. M. Auger, l'un de ses membres, lança un vigoureux manifeste, dans le sein même de sa compagnie, contre le *romantisme*. Beyle releva cette sorte de défi, et sa réponse forme la seconde partie de *Racine et Shakspeare.*

Sa prédilection pour Shakspeare n'était pas, au reste, une opinion de fraîche date; elle avait pris naissance dès 1797, au cours de belles-lettres de M. Dubois-Fontanelle, à l'école centrale de Grenoble; on en trouve de fréquentes traces dans *Rome. Naples et Florence en* 1817, de même que dans l'*Histoire de la Peinture en Italie.*

Quelque opinion qu'on ait pu se faire sur le mérite relatif des productions des deux écoles qui se disputaient, en 1823, le sceptre de la littérature dramatique, il est impossible de méconnaître la supériorité des raisonnements que contient ce piquant pamphlet. Nulle part, dans ses autres écrits, Beyle n'a réuni autant de netteté, de force, de raison, de logique; son argumentation est vive, nerveuse, entraînante. Il pensait qu'une révolution radicale, comme celle de 1789, aidée par la marche du temps et par les grands événements qui se sont succédé jusqu'en 1815, devait nécessairement enfanter, pour la France, une littérature nouvelle, appropriée à une société dont les goûts et les intérêts avaient éprouvé de si profondes modifications.

Repoussant par instinct tout ce que peut affectionner le vulgaire, la place de Beyle était nécessairement à l'avant-garde des réformateurs dont, au surplus, il se tint toujours à distance, sans jamais flatter ni partager leurs extravagances : c'était un colonel sans troupe. Il croyait, avec beaucoup de bons esprits, que rien n'est stationnaire dans l'ordre moral comme dans l'ordre physique, que tout marche avec le siècle et doit être entraîné ou détruit par lui. Qui sait si les règles posées dans *Racine et Shakspeare* ne seront pas généralement admises vers 1860, peut-être même plus tôt?

Beyle soumit son manuscrit à Paul-Louis Courier (1), dont les

(1) Mort assassiné le 10 avril 1825.

écrits occupaient alors le premier rang parmi les publications contemporaines. Sans doute, les conseils du célèbre vigneron de la Chavonnière profitèrent à l'arrangement et au mode de présentation des idées du romantique : le public n'eut qu'à s'en féliciter. C'était, au reste, chose curieuse que de voir le fervent adorateur et l'heureux imitateur des anciens, écouter et diriger les attaques de l'ardent ennemi des classiques.

L'objet principal de cet écrit était de prouver que la tragédie, pour intéresser maintenant les spectateurs, devait être en prose et affranchie des entraves qu'entraîne pour l'auteur l'obligation de se renfermer dans les limites de *l'unité de temps et de l'unité de lieu.* Le romantisme appliqué au genre tragique est *une tragédie en prose, qui dure plusieurs mois et se passe en divers lieux.* On ne saurait méconnaître la valeur des arguments produits à l'appui de cette doctrine ; et, sans se rendre coupable d'ingratitude envers Corneille, Racine, Voltaire, etc., il est permis d'admettre que le public du dix-neuvième siècle peut avoir des besoins intellectuels fort différents de celui de 1670 à 1780.

L'un des morceaux les plus curieux de *Racine et Shakspeare,* c'est la préface de la seconde partie ; l'auteur dit à l'Académie française les vérités les plus dures, en termes polis, si l'on veut ; mais rien d'aussi profondément malicieux n'est jamais sorti de sa plume. Il fallait une terrible colère pour amasser tant de bile noire ! On dirait un homme, d'une susceptibilité délicate, attaqué dans son honneur.

Pendant qu'il composait la première partie de ce pamphlet, Beyle eut connaissance d'un dialogue (1), sur le même sujet, publié à Milan. Cette découverte faillit lui faire abandonner son travail ; car il trouvait là toutes les idées dont il se faisait le champion. Mais, comme on le voit, cette velléité n'eut heureusement pas de suite. Pour cette première partie, Beyle fit des emprunts à l'opuscule milanais, dont l'objet était également de combattre le principe de l'unité de temps et de lieu, dans toute composition dramatique, tragédie, comédie, ballet. Au reste, il ne fait pas mystère de l'existence du dialogue, qu'il signale lui-même.

(1) Dialogo di Ermes Visconti, sulle unità drammatiche di tempo e di luogo. — Milano, 1819.

D'un nouveau complot contre les industriels. — Paris, 1825. Brochure de 24 pages.

Lors de son apparition, cet opuscule trouva peu d'approbateurs. Cependant on doit convenir qu'il est difficile de réunir en si peu d'espace autant de vérités, exposées avec esprit et modération. Pour s'expliquer cette sorte de défaveur, il faut nécessairement se reporter à l'état de l'opinion publique, en 1825. La grande ligue contre la restauration comptait de puissants adhérents dans l'industrie ; beaucoup de gens, tout en s'enrichissant, semblaient exclusivement occupés des affaires du parti *libéral*. En sorte que toute attaque contre les industriels pouvait arriver jusqu'aux patriotes : voilà le mot de l'énigme.

Les gens de la banque et du monde commerçant affectèrent un profond mépris pour les épigrammes de l'auteur, qui, au reste, le rendait largement à leur personne ; les *libéraux* d'estaminet trouvèrent inopportune une agression de nature à éclaircir les rangs dans le parti. En un mot, peu de personnes comprirent le véritable sens de cette piquante satire en prose.

Si Beyle vivait encore, et qu'il lui prît fantaisie de donner une nouvelle édition de sa brochure, combien il serait obligé, pour en faire un écrit de circonstance, de charger les couleurs. Elle n'offre plus, en effet, qu'une esquisse incomplète des travers que nous avons habituellement sous les yeux. Que voit-on partout ? La déification des intérêts matériels, le talent d'escroc admis comme valeur personnelle, des encouragements donnés à tous les charlatanismes. Celui qui refuse de se prosterner devant l'or et les cordons est un niais ou un sot. Adieu donc la probité, le désintéressement, les sentiments élevés. Avoir de l'argent, des titres, des crachats, c'est là tout.

Beyle entrevoyait cette triste tendance dès 1825 ; il se mêla à la querelle de la vanité et des écus, et prit hardiment le rôle périlleux, celui qui se donnait mission de proclamer la supériorité du génie dans les arts et du dévouement dans les citoyens. Lafayette et Santa-Rosa, Washington et Byron, lui semblaient au moins aussi utiles à l'humanité que M. de R..., et tout le sacré collège de banquiers. Il s'indigna et siffla vigoureusement la plate coterie qui soutenait la thèse contraire ; tous les esprits généreux firent chorus avec lui, au risque d'être désignés comme sectaires de l'*école du sentiment*, parmi les héros de la *coulisse* et du *fin courant*; ces braves gens qui savaient à merveille négocier un emprunt pour Ferdinand VII, en même temps qu'ils déclamaient en faveur de l'infortuné Riégo.

Beyle disait aussi à la noblesse, que son horreur pour l'industrie ne serait pas de longue durée, et qu'elle transformerait bientôt ses châteaux en usines; sa prédiction s'est réalisée pour grand nombre de gentilshommes : chaque jour quelque descendant de *croisé* se fait maître de forges, tisserand, etc.. etc.

Avant d'imprimer ce pamphlet, Beyle le soumit à Courier, qui en approuva le but et les termes; ce grand écrivain pensait avec l'auteur que :

« La capacité industrielle n'est pas celle qui doit se trouver en « première ligne; qu'elle n'est pas celle qui doit juger la valeur « de toutes les autres capacités, et les faire travailler toutes pour « son plus grand avantage. »

L'opinion contraire était soutenue et développée, tous les samedis, dans un journal hebdomadaire, rédigé par M. de Saint-Simon (1), et ayant pour titre : *le Producteur.*

Armance, ou Quelques scènes d'un salon de Paris, en 1827. — Paris, 1827. 3 vol. in-12.

La première observation à laquelle donne lieu la lecture de ce roman, c'est l'extrême politesse de l'auteur envers le public : on ne saurait lui montrer plus d'égards. Ceci mérite d'être remarqué; car il est peu de ses ouvrages où le lecteur ne reçoive d'avis désobligeant, ou de blessantes leçons. La réputation littéraire de Beyle ne s'établissait pas sans contestation; il fallait donc éviter soigneusement tout ce qui pouvait entraver sa marche ascendante. Personne n'aime à être molesté; de quelque esprit d'ailleurs dont l'écrivain puisse assaisonner ses railleries.

Ce livre fut, au reste, pour Beyle, ce que sont parfois, pour les parents, des enfants rachitiques, dénués d'intelligence, ou d'un mauvais naturel; c'est-à-dire l'objet de sa prédilection; personne ne la partagea. Cette publication passa inaperçue; les journaux gardèrent le silence, à l'exception du *Globe* qui donna sur *Armance* un article fort spirituel, mais dont Beyle n'eut guère lieu

---

(1) Le fondateur de la secte éphémère des *saint-simoniens.*

de se féliciter ; le critique tympanisa vigoureusement cette malheureuse conception, qu'avant tout il trouva de fort mauvais goût. C'était, en effet, une bien malencontreuse idée, que de prendre pour héros de roman un de ces êtres maléficiés, incomplets, déshérités de la nature, qui, à l'abri de la fougue des passions, ne sauraient inspirer qu'un sentiment de pitié, peu propre à soutenir l'intérêt dans une composition de ce genre.

Malgré les connaissances physiologiques de l'auteur, on peut, je crois, contester au disciple de Cabanis la vérité du rôle assigné au vicomte de Malivert. Il semble hors de nature qu'un tel homme, même à l'âge où les passions exercent leur empire avec le plus de puissance, éprouve pour mademoiselle de Zohiloff les sentiments qui semblent agiter son cœur. La nature ne se trompe guère ; elle ne crée pas à plaisir des impossibilités ; et ces mouvements de l'âme, cette absorption complète d'un être par un autre être, cette fièvre des sens, cette frénésie qu'on nomme *amour*, sont la plus éclatante preuve de l'immuable logique qui préside à toutes ses œuvres. Ne troublez pas dans leur solitude des malheureux condamnés à une vie incolore.

Une chose cependant attira l'attention de la haute société ; certaines pages du roman semblaient contenir la critique des mœurs bibliques, sévères et tant soit peu pédantesques, en honneur dans le salon de madame la duchesse de .... Bien que les opinions politiques de son mari le séparassent entièrement du parti ultra-royaliste, les grandes dames du faubourg Saint-Germain montrèrent quelque émotion de voir exposer au grand jour des scènes d'intérieur. Plusieurs s'en réjouirent par envie ; le plus grand nombre s'en offusqua par esprit de caste, et qualifia l'auteur de cette sorte d'indiscrétion, *homme de mauvais ton*.

Le roman commence par un *avant-propos* fort joli, soit dans la forme, soit dans les idées : on y trouve l'expression de sentiments rendus avec grâce et vérité ; mais le dénoûment est obscur.

Promenades dans Rome. — Paris, 1829. 2 vol.

On a beaucoup écrit sur Rome ; la ville éternelle a été l'objet d'une foule de descriptions, d'itinéraires, de lettres, de souvenirs, etc. Cependant, si je ne me trompe, il n'existait pas encore un livre, avant celui-ci, qui réunît, dans un cadre d'une étendue raisonnable, tout ce qu'il peut être agréable de savoir sur la cité de Romulus et des papes. Beyle a atteint le but qu'il annonce s'être proposé ; s'il y a quelques hors-d'œuvre dans son ouvrage, ces plantes parasites n'occupent qu'un terrain qu'on pouvait leur abandonner, sans nuire essentiellement à la culture principale. Quant à la forme, c'est celle du *journal*, celle *de Rome, Naples et Florence*. Le voyage commence le 3 août 1827, à Monterosi, vingt-cinq milles de Rome.

Le plan des *Promenades* avait d'abord beaucoup moins d'étendue ; il s'agissait de donner seulement trois cents pages de descriptions des principaux monuments de la ville éternelle.

En juillet 1828, Beyle me donna à lire le manuscrit ; j'y trouvai le germe d'un bon ouvrage ; je lui conseillai de faire le tableau complet de Rome antique et moderne, sous le triple rapport des monuments des arts, de la politique, de la société. L'étendue du travail l'effraya, et je ne parvins à le rassurer, qu'en lui promettant de l'aider à réunir les nombreux matériaux qui devaient composer son livre. Lors de sa publication, Beyle voulait dire, dans la préface, la part que j'y avais eue ; je m'y refusai, convaincu qu'il me la ferait trop belle ; car, sauf l'article intitulé : *Attaque par des voleurs* (tome IIe, page 503), qui est ma propre histoire, tout le reste est bien de lui.

L'auteur voyage avec une société de femmes aimables et de jeunes gens spirituels ; comme il a lui-même déjà vu Rome six fois, il est le *cicerone* de la caravane. Dans ses excursions, il passe en revue les antiquités et les monuments modernes ; il décrit les principales galeries, vous introduit au sein d'une société, que ses fréquents séjours en Italie et une parfaite connaissance de la langue lui ont permis d'observer, et vous initie à une foule de petits secrets touchant l'administration des affaires publiques : indiscrétion dont on ne lui a pas trop gardé rancune en cour de Rome, puisqu'une année plus tard, après la révolution de juillet 1830, il recevait sans difficulté son *exequatur* pour remplir, à Civita-Vecchia, les fonctions de consul de France.

Dans l'*Histoire de la peinture en Italie*, dans *Rome, Naples et Florence*, Beyle a parlé des beaux-arts de manière à faire apprécier les soins qu'il avait apportés à leur étude. Plusieurs de ses opinions ont pu sembler fausses et erronées à bon nombre de lecteurs ; mais tous, sans aucun doute, auront été frappés de ses brillantes et ingénieuses définitions du *beau* considéré de son point de vue particulier. Il est curieux et toujours instructif d'écoûter ses descriptions de tout ce qui peut exciter l'attention dans le chef-lieu de la catholicité. A propos de colonnes et de statues, Beyle aborde des sujets qu'on ne peut traiter qu'avec infiniment de circonspection. Souvent sa pensée n'est exprimée qu'à demi, mais la sagacité du lecteur supplée à ce qui manque. Au reste, cet ouvrage contient l'application des idées répandues dans ses précédentes publications sur l'Italie.

Les *Promenades dans Rome* ne sont pas exemptes de défauts, cependant. Que signifie, par exemple, ce déluge de phrases déclamatoires contre les titres, les cordons, les Académies, les savants, les hommes à argent? Quelle instruction peut-on retirer de la plupart de ces caquets de salons, qui surabondent dans le second volume? N'est-ce pas grand dommage que tant d'originalité et de verve soient gâtées par une manière si désordonnée, et une telle disposition à l'ironie! Peut-être Beyle pensait-il qu'un peu de désordre sied à l'esprit comme à la beauté.

Malgré ses imperfections l'ouvrage obtint un véritable succès ; car il était certainement le meilleur et le plus spirituel qu'on eût encore publié sur Rome.

Pendant son séjour (1831 à 1841) à Civita-Vecchia et à Rome, Beyle a revu entièrement ce livre ; il y a fait des suppressions bien entendues, et y a ajouté quelques articles.

Le Rouge et le Noir, Chronique du dix-neuvième siècle. — Paris,
1831. 2 vol.

Et d'abord, quelle signification a ce titre? Chacun s'est évertué à lui en chercher une ; tout s'est borné à des conjectures. Je ne saurais dire précisément le mot de l'énigme ; cependant voici un petit fait à ma connaissance.

Depuis plus d'une année je voyais sur la table à écrire de Beyle un manuscrit portant, en gros caractères sur la couverture, le mot *Julien* : nous ne nous en étions jamais entretenus. Un matin de mai 1830, il s'interrompt brusquement au milieu d'une conversation, et me dit : *Si nous l'appelions le Rouge et le Noir !* Ne comprenant rien à cette apostrophe tout à fait étrangère au sujet de notre causerie, je le prie de me l'expliquer. Lui, suivant son idée, réplique : « Oui, il faut l'appeler *le Rouge et le Noir.* » Et saisissant le manuscrit, il substitua ce titre à celui de *Julien.* Je serais porté à croire que cette bizarre dénomination fut tout simplement une concession à la mode d'alors et employée comme moyen de succès.

Beyle a pris le sujet de ce roman dans un procès criminel qui eut beaucoup de retentissement en Dauphiné, dans l'année 1828 Le séminariste Berthet, en proie à une atroce jalousie, tira deux coups de pistolet sur madame M..., au milieu de l'église du village de Brangue (Isère); cette dame en fut quitte pour une blessure, et Berthet mourut sur l'échafaud à Grenoble. La cause, très-dramatique par elle-même, offrait à Beyle un intérêt particulier : madame M... était parente d'un conseiller à la cour royale de Grenoble, portant le même nom, et ami d'enfance de Beyle.

Il n'est pas aisé, je l'avouerai, de se former une opinion bien arrêtée sur *le Rouge et le Noir* ; car, à côté de parties excellentes il s'en trouve de bien faibles.

Quant au caractère des personnages, plusieurs sont tracés de main de maître. A toute force même, celui de Julien peut exister. Il est l'image souvent trop fidèle de ces êtres à tempérament maladif, enclins à la méfiance, pétris d'orgueil, hypocrites par nature, en révolte permanente contre leur origine et la position qu'elle leur a faite dans le monde. Mais c'est une triste exception, et il faut détester ce mauvais garnement, dépravé par des études incomplètes, et auxquelles l'éducation de famille n'avait nullement préparé son intelligence. Je ne saurais me persuader non plus que les salons du noble faubourg puissent offrir des types comme mademoiselle de la Mole et la maréchale de Fervaques ; ce sont des êtres imaginaires ; il y a là des contrastes qu'un même cœur ne peut réunir.

Quelques personnages se présentent avec une physionomie fortement accusée. C'est Fouqué, dont la solide amitié brave sans hésitation les préjugés toujours si puissants dans une petite ville.

C'est l'excellent curé Chélan, dont la charité et la tendresse pour Julien ne se démentent pas un instant. Ce sont MM. de la Mole et de Rénal, le janséniste Pirard et le grand vicaire Frilair.

Quant à madame de Rénal, c'est une ravissante création, heureux mélange de grâce, de modestie, de simplicité ; je ne sais rien de plus intéressant, qui inspire une sympathie plus vive, plus tendre, plus soutenue. Alors que le séjour de Paris semble l'avoir totalement effacée du souvenir de Julien, toujours présente à la pensée du lecteur, il soupire après le moment où elle reparaitra sur la scène. Pauvre femme ! vertueuse et adultère ! Toujours tourmentée par l'amour et le remords ! Quoi de plus touchant que l'état de ce cœur constamment déchiré par une lutte infernale, entre la passion et le sentiment du devoir ; de cette infortunée tirant de la religion sa principale force, et en attendant sa dernière consolation !

Le tableau de la vie parisienne, dans les hautes régions de la société, offre des points de vue fort bien esquissés. On ne saurait donner une plus fidèle image de l'existence de cette jeunesse opulente, qui consume ses plus belles années dans l'effroi de l'*ennui*, ou opprimée par lui. Tout le monde ne sait pas quels ravages fait cette cruelle maladie, parmi les classes où le besoin de travailler *pour vivre* ne saurait être la pensée dominante. Des gens gorgés de toutes les superfluités du luxe et de la vanité meurent de consomption à la fleur de l'âge : triste conséquence de l'excès de notre civilisation.

Le Rouge et le Noir, commencé sous la *restauration*, ne fut achevé que quatre mois après la révolution de juillet 1830 ; cela a pu nuire à son succès ; car l'ouragan populaire avait renversé des choses et des idées que l'auteur bat en brèche.

Mémoires d'un Touriste. — Paris, 1838. 2 vol.

Profitant du loisir que lui laissait le congé dont il jouissait depuis la fin de mai 1836, Beyle parcourut plusieurs de nos départements, et écrivit cet ouvrage. C'était un essai ; s'il eût été accueilli avec plus de faveur, deux autres volumes auraient paru immédiatement. Mais cette publication fut reçue avec froideur. Parmi ceux qui lurent ce livre, plusieurs critiquèrent le style et trouvèrent les pensées communes. L'auteur, on ne saurait en disconvenir, semblait souvent avoir eu peu de goût pour son sujet.

L'écrivain, si vif, si spirituel, amant si passionné de l'imprévu, tournait incessamment dans un petit cercle d'idées que tous ses efforts ne parvenaient pas à agrandir. Ce n'était que de loin en loin qu'on retrouvait des vestiges de cette brillante imagination qui a répandu tant de charme sur *Rome, Naples et Florence*, et sur les *Promenades dans Rome* ; mais ces rares éclairs s'effaçaient promptement sous un ciel gris, et au milieu d'une atmosphère épaisse et lourde.

Les *Mémoires d'un Touriste*, auxquels le titre de *Journal* conviendrait mieux, n'eurent donc qu'un demi-succès.

Le livre contient un chapitre historique fort intéressant, bien narré, et qu'on peut louer sans restriction : c'est celui donnant la relation de la rencontre de Napoléon avec les troupes royales, sur les bords du lac de la Frey, près Grenoble, lors de son retour de l'île d'Elbe, en mars 1815. Beyle l'a écrit sur les lieux, et n'a épargné aucun soin pour donner à son récit la plus scrupuleuse exactitude. L'un des officiers de la garde impériale, acteur dans ce drame important, me disait, après avoir lu ce chapitre, qu'il ne pouvait avoir été écrit que par un témoin oculaire.

Les *Mémoires d'un Touriste* ont eu l'honneur d'être traduits en allemand.

La Chartreuse de Parme. — Paris, 1839. 2 vol.

Un malheur assez fréquent chez les gens qui écrivent après cinquante ans, c'est de survivre à la perte du talent qui a fait leur réputation de vingt-cinq à cinquante. Ils s'aperçoivent rarement à temps du déclin de l'imagination, ainsi que de la stérilité des idées, dont l'abondance disparaît assez ordinairement avec la vigueur physique. Plus heureux, Beyle a échappé à ce dangereux écueil ; son dernier ouvrage marque, au contraire, l'apogée de son talent. Il aurait pu, avec toute raison, s'adresser les paroles dont l'archevêque de Grenade accompagnait, assez hors de propos, selon Gil Blas, le congé tant soit peu brutal qu'il lui donnait : « Je n'ai jamais composé de meilleure homélie ; mon esprit, grâce « au ciel, n'a rien encore perdu de sa vigueur. »

La *Chartreuse de Parme* se fait distinguer par des pensées pleines de jeunesse et de fraîcheur, par une grande habileté de composition. L'auteur, qui laisse toujours tant de choses à deviner, est moins énigmatique ici que dans ses autres écrits. Ceci mérite d'autant plus d'être signalé, qu'au moment où il écrivait en même temps la *Chartreuse de Parme* et l'*Abbesse de Castro*, Beyle était tourmenté par la goutte qui le retint plusieurs jours dans sa chambre.

Sans doute ce roman n'est pas parfait ; on peut lui reprocher quelques négligences de style et des digressions étrangères au sujet qui nuisent à l'enchaînement des faits. Mais la *Chartreuse de Parme* est un tableau vrai et animé des mœurs italiennes dans les der-

nières années du dix-huitième siècle et au commencement du dix-
neuvième. Elle offre une peinture saisissante du caractère de la
société dans le nord de l'Italie. Il faut l'avoir observé longuement
et avec une sagacité bien pénétrante, pour pouvoir en offrir un ensemble aussi complet, depuis le bateleur jusqu'au souverain, depuis
la femme de chambre jusqu'à la grande dame ; pour pouvoir vous
initier si profondément à toutes les intrigues d'une petite cour,
esclave des caprices d'un prince absolu. Et puis, Beyle a mêlé
habilement à sa narration des descriptions de lieux et de monuments qui répandent un vif intérêt sur les personnages mis en
scène ; prêtant constamment à chacun le langage qui lui est propre, les passions que comporte son tempérament, les faiblesses
inhérentes au rôle qui lui est assigné.

Malgré tout, le livre eut peu de succès, et la presse ne s'en occupa guère. Un rival heureux de Beyle se fit cependant le généreux champion de la *Chartreuse de Parme.* M. de Balzac, dans sa
Revue parisienne du 25 septembre 1840, lui consacra soixante-dix
pages. Jamais peut-être un auteur vivant ne s'était vu loué aussi
splendidement.

Le suffrage de M. de Balzac parvint à Beyle, dans sa solitude
de Civita-Vecchia ; il en ressentit un vif plaisir. Malgré toutes ses
précautions pour me persuader qu'il avait reçu avec calme de si
belles paroles, je vis bien que sa tête en avait été comme boule-
versée de bonheur ! Dans une longue lettre de remercîments à
M. de Balzac, Beyle répondait à quelques passages de critique
bienveillante, sur certaines parties de la composition, tout en an-
nonçant sa résolution de corriger le livre, *d'après les conseils de
M. de Balzac,* et il s'en occupa effectivement.

Quelques personnes ont cru reconnaître une telle affinité entre
le héros des romans de Beyle, qu'elles en ont conclu qu'ils ap-
partenaient tous trois à un seul et même type, concentrant et ré-
sumant les qualités ainsi que les défauts de l'auteur. Ce jugement
contient, selon moi, une double erreur. D'abord, je ne trouve que
bien peu de ressemblance entre Ernest de Malivert, Julien et
Fabrice. Ensuite, Beyle, fort habile à nouer une intrigue, à préparer une vengeance, ne savait pas le premier mot de tout cela
dans la vie réelle. Il fut souvent dupe, sans jamais penser à prendre sa revanche. Le caractère de Julien, surtout, ne saurait offrir
aucune analogie avec celui de Beyle, et j'en félicite sa mémoire.
Cependant, il répondit un jour à M. de L..., qui le questionnait à

ce sujet : qu'en effet, *il s'était peint dans Julien*. La plaisanterie lui sembla probablement charmante, d'après l'état de ses nerfs dans ce moment, et c'est ainsi que le bruit s'en accrédita, lors de la publication de *le Rouge et le Noir*.

Articles publiés dans divers journaux et revues.

L'examen sommaire des principales compositions littéraires de Beyle terminé, il me reste à mentionner celles qui ont paru, de 1823 à 1839, dans les journaux et revues. Aucun de ces articles n'a été signé de son nom ; plusieurs même en portent un autre que celui de *Stendhal*, ou seulement une initiale.

En 1824, il inséra dans le *Journal de Paris* des articles sur le théâtre italien et sur l'exposition des objets d'art au Louvre. Les premiers étaient signés M, les autres A. Dans l'un de ces derniers, Beyle faisant le procès à l'école de David, donnait de singuliers préceptes sur l'art tout mécanique, selon lui, au moyen duquel on pouvait, à volonté, faire du premier venu un peintre d'après les principes de David. Il ne s'agissait, pour l'élève improvisé, que de *savoir son barème sur le bout du doigt, pour arriver à cette science, de même nature que l'arithmétique, la géométrie, la trigonométrie, etc.* Plusieurs se bornèrent à rire de la plaisanterie ; d'autres prirent la permission de se moquer de l'écrivain. Parmi ces derniers se trouva le facétieux Martainville, alors rédacteur en chef du *Drapeau blanc*, le journal ultra-royaliste de l'époque. Par l'effet du hasard, les deux antagonistes logeaient à l'*Hôtel des Lillois*, rue Richelieu. Martainville releva le gant en faveur de l'école de David, et dit des choses fort spirituelles sur la *recette infaillible* de Beyle, pour réduire à une science exacte le dessin, et par suite la statuaire. Il s'écriait dans un bel accès de persiflage :

« Que devons-nous penser de ce bon Michel-Ange, qui s'exta-
« siait devant le torse du Belvédère, et qui, dans sa vieillesse,
« lorsque ses yeux ne lui permettaient plus de le contempler, se
« faisait conduire auprès de ce fragment, objet de sa prédilection,
« et prenait plaisir à promener ses mains tremblantes sur cet as-
« semblage de muscles, *produit de l'arithmétique des Grecs ?* »

Beyle sortit tout meurtri de cette rencontre ; il répliqua timidement, vaguement, de manière à faire douter de sa propre confiance dans ses préceptes.

Parmi les quelques bizarreries, dont ces feuilletons sont entachés, il faut mettre en première ligne la nationalité que se donne l'auteur. Pour cette fois, c'est « *un Brabançon élevé en Italie, se* « *reposant sur ses amis du soin de corriger les fautes de langue* « *qu'il commet trop souvent.* »

Le *Courrier français*, le *Temps*, le *National*, ont aussi publié un petit nombre d'articles de Beyle ; mais de loin en loin et sans suite. Lorsqu'un sujet se présentait à son esprit, il disait sur l'heure son opinion ; puis, ne s'en occupait plus.

Le *Globe*, cette feuille spirituelle et philosophique, que le saint-simonisme a entraîné dans sa chute, et dont la rédaction a donné plusieurs hommes d'État au gouvernement issu de la révolution de 1830, inséra aussi quelques articles de Beyle. On en lit un signé d'une S seulement, sous la rubrique *Variétés*, dans le numéro du jeudi 31 mars 1825.

Après une note élogieuse pour l'auteur, se trouve la lettre suivante, que je reproduis, parce qu'elle a peu d'étendue et qu'elle est à peu près inconnue.

Naïve réponse à un philosophe qui m'écrit : « Les arts sont perdus en France ; on peut chanter leur *De Profundis* ; notre siècle *comprendra* les chefs-d'œuvre, mais n'en *fera* pas. Il y a des époques d'artistes, il en est d'autres qui ne produisent que des gens d'esprit, d'infiniment d'esprit, si vous voulez. »

« Monsieur,

« Pour être artiste après les *la Harpe*, il faut un courage de fer. Il faut encore moins songer aux critiques qu'un jeune officier de dragons chargeant avec sa compagnie ne songe à l'hôpital et aux blessures. C'est le manque absolu de ce courage qui cloue dans la médiocrité tous nos pauvres poëtes. Il faut écrire pour se faire plaisir à soi-même, écrire comme je vous écris cette lettre ; l'idée m'en est venue, et j'ai pris un morceau de papier. C'est faute de *courage* que nous n'avons plus d'artistes. Nierez-vous que Canova et Rossini ne soient de grands artistes ? Peu d'hommes ont plus méprisé les critiques. Vers 1785, il n'y avait peut-être pas un amateur à Rome qui ne trouvât ridicules les ouvrages de Canova.

« Vous me direz, à la première rencontre, à partir de quelle époque a commencé le siècle inhabile à produire des artistes. Monti,

Byron, et surtout Walter Scott, ne sont-ils pas de grands poëtes ? Je parierais presque que le peintre Prud'hon et le poëte Béranger iront à la postérité.

« Un homme de génie, qui aurait dix-sept ans aujourd'hui, nous donnerait le mélange de hautes pensées et de sentiments profonds qui fait le *génie*, plutôt sous la forme de discours patriotiques, tels que ceux de M. le général Foy, que sous la forme de traités philosophiques comme Rousseau, Pascal ou Montesquieu. Je crois même que Molière, naissant aujourd'hui, aimerait mieux être député que poëte comique. Chaque siècle a des hommes de génie ; quelquefois ils s'en vont *sans avoir étalé*, comme ceux qui naquirent au neuvième et au dixième siècle. Chaque époque a une branche de connaissances humaines sur laquelle elle concentre toute son attention : là seulement il y a *vie*. Du temps de Pétrarque, il s'agissait de découvrir et de publier des manuscrits anciens. De nos jours, hélas ! la politique vole la littérature qui n'est qu'un pis-aller.

« J'ai l'honneur, etc. »

Quant aux nouvelles insérées dans les *Revues* françaises, je ne connais que les suivantes.

La plus ancienne en date fut publiée par la *Bibliothèque britannique*, dans sa huitième livraison, février 1826. Elle était tirée du *London Magazine*, et portait ce titre :

Souvenirs d'un Gentilhomme italien.

Cet article ne manque pas d'intérêt, bien que les diverses parties dont il se compose aient peu de relations entre elles. La première donne une juste idée de l'état des mœurs dans les couvents italiens, et parmi les personnes engagées dans les ordres ; elle retrace le mode de procédure adopté par l'inquisition, et cite des exemples du fanatisme des basses classes.

L'auteur, rappelant l'assassinat du général Duphot à Rome, parle des deux prises de possession des États pontificaux par les troupes françaises ; il donne la curieuse relation de l'enlèvement de Pie VII, du palais de Monte-Cavallo, dans une nuit de l'année 1807 ; expédition dirigée avec intelligence et résolution par le général Radet, sous les ordres du gouverneur de Rome, le général Miollis.

L'article finit par l'histoire de la trahison, au moyen de laquelle la police pontificale parvint à s'emparer du fameux chef de brigands Spatolino, ainsi que de ses huit compagnons. Spatolino, pendant les débats de son procès et au moment de sa mort, montra un courage vraiment héroïque.

La *Revue de Paris*, de 1829 à 1836, a publié cinq nouvelles, ayant pour titres : *Vanina-Vanini.* — *Lord Byron en Italie.* — *Le Coffre et le Revenant.* — *Le Philtre.* — *La Comédie est impossible en 1836.*

La *Revue des Deux-Mondes*, de 1837 à 1839, a publié quatre nouvelles, intitulées : *Vittoria Accoramboni, duchesse de Bracciano.* — *Les Cenci, histoire de 1599.* — *La Duchesse de Palliano.* — *L'Abbesse de Castro.* (Deux articles des 1er février et 1er mars 1839.)

Ces dernières nouvelles, empruntées aux chroniques romaines du seizième siècle, présentent un tableau curieux autant que fidèle des mœurs italiennes de l'époque ; ce sont de petites histoires pleines d'incidents dramatiques, où l'amour joue le principal rôle, et dont l'analyse comporterait de longs détails. Beyle a pris le sujet de ces nouvelles dans de vieux manuscrits italiens, qu'il obtint la permission de copier en 1834 et 1835 ; il avait ainsi réuni une masse considérable de documents, destinés à être publiés successivement. Son travail commençait par une sorte de traduction littérale de l'italien en français ; puis, il reproduisait les faits en langage usuel, de manière à ne pas trop choquer le goût et l'oreille du lecteur, tout en conservant, autant que possible, la couleur locale et la naïveté du texte. Telle est la commune origine des quatre nouvelles de la *Revue des Deux-Mondes.*

Quant à celles insérées dans la *Revue de Paris,* elles n'ont entre elles aucun rapport.

Vanina-Vanini, mélange de scènes érotiques et politiques, offre diverses particularités sur une *Vente* de Carbonari, découverte en 1828, dans les États du pape.

Lord Byron en Italie ; article consacré, en grande partie, aux relations qui ont existé à Milan, en 1816, entre Beyle et lord Byron.

Le Coffre et le Revenant, aventure espagnole. Très-fidèle peinture des mœurs de ce peuple au commencement du dix-neuvième siècle. C'est bien là ce mélange de fanatisme religieux et politique, surexcité par l'amour, la jalousie !

Le Philtre, imité de l'italien de Silvia Malaperta. Tableau effrayant des funestes écarts auxquels l'amour, poussé jusqu'à la frénésie, peut entraîner une âme naturellement honnête. Ici, c'est encore une Espagnole qui offre ce terrible exemple.

La Comédie est impossible en 1836. Joli article, à propos de la nouvelle édition des *Lettres écrites d'Italie, en 1739 et 1740, par le président de Brosses,* et réimprimées en 1836.

Pour ne rien omettre dans la nomenclature des compositions littéraires de Beyle, qui ont été imprimées, je dois ajouter que, pendant les années 1827, 1828, 1829, il donna un assez grand nombre d'articles au *New Monthly Magazine,* revue publiée à Londres : c'étaient des appréciations littéraires des nouveautés françaises.

FIN.

Paris.— Imprimerie Schneider et Langrand, rue d'Erfurth, 1.